九天流云

王波 ○ 著

民主与建设出版社
· 北京 ·

© 民主与建设出版社，2020

图书在版编目（CIP）数据

九天流云 / 王波著. -- 北京：民主与建设出版社，
2020.7

ISBN 978-7-5139-3110-6

Ⅰ. ①九… Ⅱ. ①王… Ⅲ. ①中国文学—当代文学—
作品综合集 Ⅳ. ①I217.2

中国版本图书馆CIP数据核字（2020）第118164号

九天流云
JIUTIAN LIUYUN

著　　者	王　波
责任编辑	刘　芳
封面设计	北京中尚图文化传播有限公司
出版发行	民主与建设出版社有限责任公司
电　　话	（010）59417747　59419778
社　　址	北京市海淀区西三环中路10号望海楼E座7层
邮　　编	100142
印　　刷	天宇万达印刷有限公司
版　　次	2020年8月第1版
印　　次	2020年8月第1次印刷
开　　本	880mm × 1230mm　1/32
印　　张	10
字　　数	190千字
书　　号	ISBN 978-7-5139-3110-6
定　　价	59.00元

注：如有印、装质量问题，请与出版社联系。

开篇语

　　梨花开了，满树的白。花瓣飘落下来，地上铺着淡淡一层素雅，轻柔明媚，撩起春光。

　　万象更新的季节，我们开始新的忙碌，纯洁也在心间沁香。并非刻意地涂抹与堆砌，像晶莹之中析出朵朵盐花，如揉碎了的白云四下飘荡，满是缟丝般柔滑。

　　但披上白色，在过去曾有一些并非吉利的寓意。到了今天，我们知道，吉利不吉利，其实看自己心里怎么想。我们更知道，白色混合了所有颜色的光，它博大的胸怀可以与任何一种色彩搭配互动，可以把生活的各种光怪陆离反射出去，过滤生命里的珍贵，只留下圣洁和纯正。

　　都说意由心生，耽思是一种病，我们却宁愿病得不轻。常思自己，也思爱人、思亲情、思友谊，思经历和故土，思自然与万物。含英咀华，方能君子豹变。

人生"白"态，思虑当纯。一如梨花的洁雅，寄托我们最好的情怀与感悟。"梨花一枝春带雨"，不只娇美，更是清新。

　　世有悲欢离合，人存七情六欲，点点滴滴都值得挖空心思。我把它们累积起来，化出体会，写成文，期盼用尽可能多的文体样式，尽可能贴切地表达情绪，尽可能地丰富自己，纯粹自己，折射心愿。

　　我不得不思考，因为深含对美好的爱。

目录

目录

III

下 文篇

上　诗篇

导 言

　　用汉字凝结的古诗，如此奇特和美妙，一直是中华民族最璀璨的瑰宝。文言文是语言浓缩的精华，古语写古诗有先天的优势，或者说，古诗乃是古语造就的必然。为了向它看齐，不少人至今仍热衷于古文词句，钻研文字使其优美，力争古时风范。崇古还能循古，这种爱好我很钦佩。对我们绝大多数人来说，如今已没有文言文的环境，很难再飙出古语的那般风采。

　　大理是我的家乡，它很美，让人心旌摇曳。诗正好是用最凝练的语言表达感受，我把对此的尝试收录在本书里。其中很大一部分，是用格律与古风样式写在大理的所见所思。如今的快节奏之下，传统的东西很多虽渐趋沉寂，但仍散发着深深魅力。格律，是吸引我的一个瓶子，比起其他形式来，我觉得其风格更能讲述自己的内心。

　　有朋友批评我，说既然用了格律，怎么还出现灯、车，甚至塔吊、微信等现代词汇，以及时下的一些表达方式，没有传统上的意境了嘛？话不错，可如今"扁舟"已经很少见了，我们出门坐的多是大游船。现在有古代想象不到、体会不了的生活，思想眼界也比古时高得多，为什么非要效仿古人，还用

"之乎者也"写今天？文化不会停下它的脚步，努力并不是亦步亦趋，甚而像口号一样，把陈规旧俗当成圣旨。即便重温古意，也应该拿来书写当今的情感。

现代语言顺应了时代的发展，白话文的表达更自由，更丰富。舍弃今天擅长的东西，盲目照搬照套照学，倒不是说一定成了东施效颦、邯郸学步，至少有点像削足适履，意义不是很大。说重一点，创作上旧瓶装新酒也好，新瓶装旧酒也罢，若非立足当下，不是迂腐就是荒唐。如今的语言环境里，用我们习惯和熟悉的形式，比起背古韵，寻古典来，其实更能表达自己，也最自然流畅。我就以此来熏陶格律写作，可能没有古味，但不一定没有韵味。

诗词意境第一，格律第二。格律是前人总结出来，提炼诗歌是一种很好的方式，但它终归只是一种形式。写诗的瓶子，不是创作的目的。格律、章法应该是通常的惯例，而非不可逾越之法律。只要有利于表达，我想出格出律也不是什么太大的事。孝道很好，不过有时候违背祖制，不能说就是大逆不道。

平仄、对仗、押韵等，我们都应该学习，瓶子当然得有瓶子样。可，是不是一定得按照传统的约定，才算得上瓶子的要求呢？时代在变，约法也应该可以调整。比如平仄，古语发音是"平、上、去、入"，前一个是平声，后三个是仄声。而语言形式走到今天，我们对此的体会已经不是很深了。相反，汉语拼音大家耳熟能详，它才是眼下应当遵循的规范。

汉语拼音也有阴平、阳平、上声和去声四种形式。通常把第一、二声归为平声，第三、四声，作为仄声。我写作时发现，第一、第三与第四声的界定没有问题，而第二声当中其实有些是平声字，有些是仄声字。我就把第二声列为可仄可平，具体根据语境和前后字情况，综合确定它是平声还是仄声。这样在创作的时候，感觉方便与自由一些，宽松也符合简单的发展方向。

押韵的问题也一样。所谓诗歌，亦诗亦歌，有诗的精练，也有歌的韵律。从汉字特质出发，不管写古诗或现代诗歌，或都应该押韵，这是不应该被放弃的特色。当然不一定要全押，从宽泛的趋势出发，哪怕局部也行，还可有换韵、近韵、邻韵等，至少有押韵的味道。

完全不押韵的，可以成为诗的其他类型。例如当前许多现代诗，意境和哲理都很好，应该属于散文诗，像散文一样的诗（如果不分行，其效果确类似于精练的散文），或者叫自由诗。自由是在外来文化的影响下产生的，不再受习惯上的束缚，相比格律更契合白话文的形式。少点约束本无错，不过自由绝非没有一点章法，否则何以成文化，起码该有诗性与诗意。

押韵的现代诗与不押韵的自由诗一道，又能统一成新诗。古体诗、格律诗、古词曲自然为古诗，古诗和新诗一同构成了汉语诗。诗的样式就是分行，诗以句分、文以段分，一些公认的散文诗，有诗的特点，精练但不分行，其实还是散文，或可称为诗散，像诗一样的散文。

押韵自然要有章可循。汉语拼音已经把声韵总结得比较完善，这种划分比古人整理的韵字，不知先进、高明了多少。诗词界也以此归纳出《中华新韵》，这不就是一种前行？其实都不用再编排什么韵字，前人这么做是因为没有或缺乏规范，不得已而为之，如今拼音已经具备这样的功能。我在押韵问题上，对于韵脚的选择，便遵循拼音方案里韵母相同或相近。感谢时代，让自己不必再背诵或拘泥于《平水韵》《词林正韵》以及古典的那些依据。

评论王维的诗的时候，我们通常赞其"诗中有画，画中有诗"。虽然无法达到他的境界，但这也启发了我。以图文相配，或许能更好地表达自己，让人理解。于是我为每首诗配上触发创作灵感时的一些照片（科学诗除外），作为一种帮助，甚至有些诗句就是从图片而来。这些照片除了署名的以外，都是我用手机随手拍的，谈不上摄影作品，至少反映了自己当时的心情、写作的初衷与场景。

对诗的理解见仁见智，没有什么是必定正确的。每个人都有自己的看法与主张，以上只是我个人奉行的依据。或许很多人还是觉得格律诗必须遵循古制，否则谈不上此种形式；觉得现代诗的自由，押不押韵无所谓。我尊重这些观点。对或是不对，本不重要，一花独放并非春天到来，百花齐开才是春色满园。事情从来都不是一成不变的，谁是主流、谁是旁枝，或者什么样的生命力更长久，还是留给历史长河，去沉淀与过滤吧。"文无第一，武无第二"，说的就是文化没有绝对的标准，只有我们自己能够或者愿意遵循的原则。

咏苍山

欲歌风有语，绝顶已高大；

轻脚过山脊，莫惊仙子眠。

天缺娲补时，炼彩近峰巅；

从此石成画，扬名大理岩。

飞云击翠鸟，险径撒花鲜；

但笑楚狂人，没临也敢仙。

泓泉泓冽冽，旷草旷芊芊；

迤逦绵十九，毓钟横断间。

山中夜宿

夜阑听雨眠，随梦入云巅。

名利山中小，红尘在洞天。

苉碧晨

料峭春来早，曙光微远山。

长堤剪倒影，静钓一湖寒。

老树时光

枯木怀高洁，风雕拒塚丘。

协苍浮翌日，助洱守昔流。

阅尽山河壮，老枝心不揪。

大理佛塔寺

月暗拢灯光，花浓嗅黄墙。

木鱼声急急，尼语颂经忙。

洱海月湿地公园

海空不见月，举目把花扬。

柔雨洗清冷，潮湿淡淡香。

寒香

香飘落雪后，腊树满山寒。

寒肃逼枝凋，风环定梅香。

香园浮气韵，雅趣戏飓寒。

寒苦岁生愧，还春一点香。

弥渡密祉

　　弥渡密祉是花灯之乡，歌曲《小河淌水》作者尹宜公的故乡。街道依山而建，在茶马古道上有一段保存完好的古驿道，古建筑群百年历史。梦幻般的太极顶，一棵千年桂树扎根桂花箐。一泓清冽的珍珠泉，凤凰古桥横跨烟云缭绕的亚溪河水。一个小镇，有历史、有风光、有文化、有美食，颇具韵味。

风雨顺山弯，时光凝古桥。

饮泉思驮马，浣瓦逐溪草。

昔板泛昔光，旧铃听旧道。

凭栏吊尹公，宴溢小河谣。

大理玉洱园

初蕊抹初黄，山茶满苑忙。

开颜遮冷径，春暖攒花香。

错爱

青峰为谷立，谷却将峰拒。

只想出一水，东流朝海去。

深秋吟

迫暮清烟起，残霞逼日寒。

霜天听苦寺，晚气驻羹墙[①]。

轻拭梧桐泪，竞瞧银杏黄。

怜枝枯瑟瑟，扫叶入颓园。

---

① 羹墙，追思前辈，敬慕先贤。古语说"昔尧殂之后，舜仰慕三年，坐则见尧于墙，食则睹尧于羹"。

闺语

帷幔因风起，莺窗无人闭。

怅吟凉夜中，辗转衾衣里。

暮

云巅挂落日，晖尽岫初幽。

塔架吊清冷，烟霞散晚愁。

黄昏无人语，旷野空余楼。

海东一瞥

欲摹古时风，孤屋窜海东。

不知悲与喜，楞在浅滩中。

约

昨夜心无眠，知君今日来。

慌慌拢摆裙，惴惴描青黛。

街挤怕难寻，彩衣加眄睐。

但羞君见急，只把身轻挨。

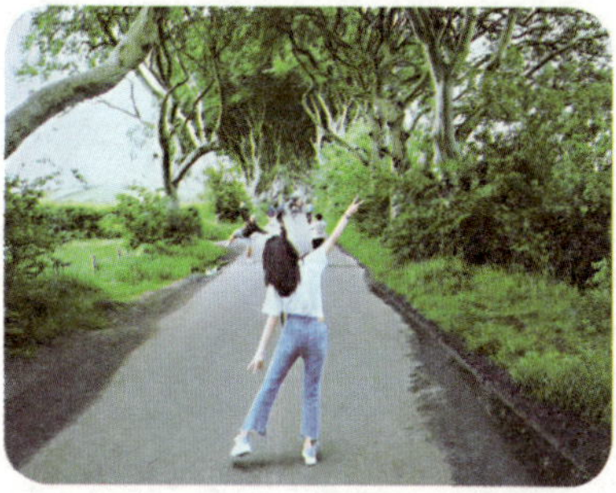

（照片由梓妘提供）

悼海子

海子想春暖，花开朝大海；

墓前玛尼石，含苦述悲来。

佛与狂难融，更离浪漫远；

现实不胜意，梦错乌托缘。

苍洱有诗情，高云比海阔；

陌间飘古铃，仙境自天落。

弘道下鸡足，千年传妙香；

后人长扼腕，未驻话凄凉。

龙尾中丞街

月朗行人寥，中丞古巷深。

灯昏长我影，户闭流泉声。

香桂香石墙，老屋老岁痕。

清风拢兴致，轻步夜敲门。

巅语

登山不为险，只盼上高度。

架我入青霞，释心近神处。

摘仙学古人，离尘再无束。

托日与风说，云端是梦逐。

晚归

酒后河边驻，柳丝拂水垂。

行觞频举敬，助兴几时回。

刘伶贪杯裸，羲之挥毫醉。

借问白夫子，谪仙可有随？

春归

阴冬天久冽，衰景蕴春芳。

枝绿树初蕾，花彤地回暖。

红梅香已逝，田陌气刚爽。

街上脚声轻，厚薄衣各穿。

大理砖窑坡

古窑烧烟散，风霜染老槐。

春风不曾顾，昔貌无人改。

民宿情钟旧，破屋换自在。

樵翁余五六，坐看客纷来。

山悟

青山遥万里，狂狷把云低。

当解碧空情，深谙司马懿。

登菠萝寺

深山未启明，相议早间行。

月涧传花影，松风伴鸟鸣。

梵音梁上绕，玉兰寒中吟。

小径走风雨，心安别样明。

山里

横断多绝岭，危崖立老松。

路随山色尽，谷隐云光中。

丫口近人欢，远峰因峭幽。

风从西北来，鬼斧刮神工。

九
天
流
云

偶遇

数朵花儿红，独开山地里。

风急摇不落，秀萼娇如新。

缀树啸彤云，虬枝织锦屏。

野情风雨坡，庭院怎能及。

雨中攀

天湿遮远山，风烈啸石崖。

云雾穿不透，迷惘向高爬。

事情本该有的样子

雌雄自有别，长幼妍媸多。

星轨行依据，光阴无对错。

梦中皆梦话，潮起改潮落。

天地自然成，人工怎可琢？

盼

惊喜浮登攀，常出气短间。

峰崖刚转过，花艳等缘采。

再转觉口干，落天飞涧湃。

久瞧坡转角，不见伊人来。

龙溪桥

夕光刺嶅楼，雨尽后山幽。

暗色即将临，灯光几时秀？

桥无昔浣女，岸剩汲泉松。

水自西流去，知秋不可留。

绝顶

日落山飘远，云低压旷意。

人高鸟灭踪，极目裁心怡。

随思

未知情原委，勿以己为聪。

身死虽伯仁①，悔心激导痛。

观云水不语，遇事休高咏。

---

① "我不杀伯仁，伯仁却因我而死"，这是晋代王导对自己不明就里的过失，痛心疾首之悔恨。

中秋望月

天凉玉兔明，泛水泊光影。

影岂池中物，逐波弄霓音。

汾河过迎泽大桥

有河终有桥，固日锁千秋。

水阔远高楼，云轻添暮愁。

得汾山河壮，无晋中原丢。

只影忆遗山①，逐波找雁丘。

① 元好问，号遗山，金末元初文学家，以《摸鱼儿·雁丘词》最为有名。

逐

苦海一生路，不磨难重驮。

炼魂因渡安，解事歧为果。

彼岸非失饪，修如菜点礚。

浮华若染之，隔水养花朵。

登山

尘凡气已污，拾腿向峰间。

山势近身矮，晶莹卧草眠。

捉风刻雪影，逐雨涤晨甸。

揽景自心生，神飞天外天。

静谧

近晚云不动，欲飞无浪涌。

停息收乱绪，坐等时光凝。

陌上

独林揎绿长，晨雨洗天蓝。

花色无声溅，垄间泥土香。

日迟

山幽藏小径，树下坐禅功。

日扫村边绿，云归暮色中。

（杨光宇摄）

重返巍宝山

故友诚邀游，重听巍宝唤。

林荫秋蝉鸣，道观袅枝藏。

绿海摘梨多，欢歌觉日短。

山高登绝顶，极日遥风光。

过龙尾关

旧隘苫枯树，枝稀挂月宁。

风铃遥战鼓，古冢罩清明。

望天

暮苍藏劲松，洱静皓当空。

孤影逐源去，彩云南现中。

风花雪月

神戒空中落，抛来闲大理。

风拂洱淼烟，雪映苍峨绿。

有梦月相随，专情花可期。

柔心炼彩云，浪漫把天低。

访单大人

深山有单家，避世入田园。

能武不堪黑，种茶当胜官。

竹赛卧龙岗，水喧洱海湾。

残墟夕照寂，古墓泣芳华。

山林徒步

空山鸣翠鸟，林密刻烟痕。

欲探蝶飞处，驻足观谷深。

海东接墅

新城如虎踞，大道盘山崖。

苍洱飘远去，晨风拂面还。

花团惹人眼，日照扫清寒。

愿取天庭瓦，修出世上房。

鸡舌箐听水

夏虫鸣幽径，花香涧水清。

只闻音符淌，不见怅然人。

自在

把酒意微醺，心慵出故门。

水欢舞霓影，风送夜归人。

秋游

午迟林已暗，云洒暮中寒。

荡尽群峰兀，尘心风洗还。

无眠

愈挥觉愈醒，长夜又相思。

听雨如沙洒，缠心促人痴。

只想枕边言，何堪微信替。

一行伤感泪，报与他乡知。

海东远眺

喧嚣点暮燃，极目满流光。

未见拾薪人，云深浮肜窰。

天门谁在歇？盗火普罗郎。

天象

浴日应轮回，金乌共起桑。

不堪焦炙苦，后羿神弓弯。

古解苍穹语，同工当下况。

系心多释怀，恒久盼天安。

父母

持家一辈子，推椅鬓成霜。

耳背吼柔声，眼花扶亮窗。

暮临灯举明，寒肃暖来伴。

风雨不言弃，耄耋深影长。

大理古城人民路

暮至华灯放，人挨接踵间。

地摊丢随意，驻唱惹流连。

泛酒舞靡音，飘香馋巷芊。

流光从旧溢，今夜影无眠。

鹤庆晚色

林寂缀霜叶，月孤拂暮岗。

情思别远岫，轻撒满天岚。

晨游

晴碧晨生烟，微熹扫路寒。

从容收乱绪，疾步掩花喧。

大理大学晚行

月朗星难辨，风微夜转凉。

鹅还过水嬉，人已点楼亮。

也想花前簇，更期三塔伴。

灵光隐学府，道行静中传。

泛海

日落远山微，风息无巨澜。

客船匆忙驶，浅草悄声泛。

非想平凡过，只因壮阔难。

云轻飞鸟尽，独影水中央。

红嘴鸥

君自苦寒来，莫贪和煦暖。

风轻忆凛冽，雪落听家园。

逐水弄怡情，及时漂自满。

千山渺暮云，乘惬乘风还。

环海徒步

晓望春初晴，纵心随步游。

嶅车灯闪眼，近水路折头。

雨尽洗天碧，晨新消人愁。

熹光抚海澄，山外云藏龙。

浮生一段戏

浮生一段戏，莫笑戏中痴。

晓梦悯春残，昏昏不自知。

致敬

先知都觉好，谁解先知事；

能语怎孤独，芸芸不晓意。

一肩担使命，情苦尝枯泥；

人看我癫狂，我言人蝼蚁。

非俗非常命，谁比谁高义；

时诽因难读，铄金众毁之。

凡高死后耀，忠悫湖中逝；

毒果啃图灵，嗟然叹诺伊。

王勃没早殁，太白岂为李；

鬼悼特斯拉，可惜逢爱迪。

神童有悲催，晚成多磨砺；

悠悠任凭说，后人著心机。

注：人类但凡有突破性发展，大都凭借一些旷古天才的努力。面对那个年代的种种未知，他们充当了类似宗教里先知的角色。没有特别的敏感和偏执，怎能有过人的思维？可惜这也导致大才们沉浸在世人不知的世界中，常与社会不融。由于人性的丑陋、阴暗或不察，当时的人们往往缺乏应该的理解与包容。他们死后才星光闪耀，可能无损人类前行，却不能不说是自身的悲剧。图灵是二十世纪英国的数学天才，人工智能之父，41岁死亡时桌上只留下一个啃了一口的剧毒苹果；同时期的诺依曼虽也贵为计算机之父，但情路不顺，英年早逝；凡高生前只卖出过一幅画；一代宗师王国维投颐和园湖水而亡；王勃是初唐神童，文学才能极高，若非不到三十岁意外身亡，后世李白或许也得顶礼膜拜；特斯拉是神一样的男人，发明了交流电，早年为爱迪生的公司赢得巨大财富，但其一生与爱迪生充满恩怨情仇，是一个被委屈了的科学家。

创作心语

大悟自惛惛①，枝头觅早春。

胸中存日月，落笔蘸乾坤。

① 惛惛，指专心一志。荀子曾云："无惛惛之事者，无赫赫之功。"

后生寄语

像中竟不识，花样本属女。

风雨躲家宅，豪情只游戏。

既为男儿身，应如郭子仪。

策马横天下，束心知律己。

（杨莹摄）

瞥大理

千娇嗲雪欢苍傲，百媚藏风逗洱猜。

守海山痴拉迤逦，拥山海雅久徘徊。

风花雪月因天垂，文献名邦自史来。

谁挹一蓝洗九霄？乌托竞绚在鸢台。

绿

扫冽春光急蕴碧，哪堪它色把春成。

不同花艳争人宠，毕竟城乡遍此身。

小草茵茵昭遏勃，才情郁郁自秋蓬。

无瑕最忆山中样，避世云巅不染尘。

秋吟

人道中秋皓月明，我知此时月儿心。

清清出岗遇寒风，滟滟同潮成远影。

叹白空悲摧蕙草，思籍临寄又拆信。

关情不问加衣没，海角相隔听夜莺。

李白《秋思》有云："征客无归日，空悲蕙草催。"张籍亦有一诗：洛阳城里见秋风，欲作家书意万重。复恐匆匆说不尽，行人临发又开封。

空灵木香坪①

碧毯飘飘任体张，群峰邈邈把眸开。

快云拂岗激飞天，愁雾驱花漂无奈。

採绿披红非俗事，柔珠润瓣是僧栽。

坡前小蝶轻倚草，倾耳经声颂语来。

---

① 木香坪位于大理洱海东岸群山之中，过去一直是洱海地区到鸡足山朝圣的必经之路。一大片高山草甸顺山起伏，延绵舒缓。水沟纵横，云雾互转，花草遍地，犹如仙境。

望乡

换个心情看故乡，熟悉已把往常装。

一萍一刹一漂路，始有温情始有端。

虐心

风荡花飞气却衰，斩棘绝望一肩苔。

明知路尽偏行魈，杳杳斜峰无脚踩。

村中早行

晨雨倾盆滴玲珑，书屋拂尘点光明。

诚心踏泥访高士，蓬荜思者意殷殷。

祥云许家营铁道

薄日蓝天已泛寒，乘风麦浪滚云下。

砟石有义陪孤影，钢轨无言载离家。

欲写书笺泪浥干，烦听汽笛心揪哑。

银龙倏远不留影，断肠天涯陪老鸦。

列车停弥渡站

凄笛破雾飘车远，惊梦惛惛[①]忆满窗。

小厴经年还刹那，回身拂泪竟天涯。

---

① 惛惛，与前面五言诗里的注解不同，指精神昏暗恍惚。古书曾有
描写，"身子眠在床上，惛惛不知人事，叫问不应"。

老树

落日桑榆染紫霜，栉风沐雨不知年。

风烛意气方白首，垂垂倚墙披绿妆。

晨练

夜懒心呼健步言，推窗考问雨一阵。

晨曦唤醒清凉意，晓露欢歌早起身。

寂寂尘埃乔树落，遥遥倩影短发奔。

常说看背别观脸，我信她为娇面人。

沥心茶

寒秋暮水韵微霜，啜茗炉边与己谈。

有劲能出需用劲，韶光易老勿失光。

痴情最恨通宵雨，失却方觉刻骨伤。

何必格竹因病悟，将心百煮亦文章。

叹萨拉赫

哨响曲终琴断弦，仰天只恨壁前观。

肩头承有太多载，心底徒增无奈凉。

都看欢呼中手舞，谁知落寞时影长。

悲情若与成功比，原本红尘常态装。

2018年俄罗斯足球世界杯，埃及队在赛场上英勇了89分钟，最终却满怀悲壮。球队支柱萨拉赫因伤无法上场，眼睁睁看着乌拉圭最后一分钟将球送入自家球门，胜利拱手而让。

（照片梓妘提供）

花季

初枝初绿冰肌凝，皓目皓身仙子浴。

贴艳浅嫣纤秾合，风流撕扇娇嗔吐。

盈盈袅娜香飘室，冽冽芙蕖幽满谷。

温润磨珠玉始成，流深静水气轻掬。

打坐

久坐安然寂静中，清风起肋暗香出。

息停腹海冲眉眼，气转周身唤任督。

奇幻渐开相顾忘，光明微透无心睹。

一轮皓月挂高冈，炼化冰虚向玉壶。

（李丽娟摄）

北京潭柘寺

近水皇城得帝睐，守节怎被香薰坏？

质本洁身清静地，青山不负才如来。

逛山林

昨夜贪欢日已高，心慵信步入山中。

峰叠曲径独葱茏，林暗惊风郁桃红。

未见人喧叹渠幽，时听鸟啭赞花彤。

夕烟袅袅方觉晚，急赴村头把酒盅。

云君送子

云披霓裳裹身素，枝挂瓦房数点红。

欲借观音说己愿，碧桃掩面羞臂中。

菠萝寺随想

莫残水响松声梵，波罗蜜多花喜放。

且远红尘逐日暮，泊心静气看云欢。

    菠萝寺位于苍山圣应峰山腰上。建寺于一大块崖石下，据名菠萝崖，内有一个菠萝洞。寺门面山，松林茂密，谷底苍山十八溪之一的莫残溪潺潺流过，是清修寻幽、徒步健身的好地方。

雨前

黑云奋起压天低，远黛苍茫随旷溢。

极目高楼绕城郭，平湖何处阳光雨？

意气

我驭鲲鹏飞昊邈，仙庭可唤献蟠桃。

摆桌星海泛扁舟，天地无风挽袖摇。

冬游

驿外桃溪三塔环，古村古道古人家。

轻窥小院红裙艳，骚首殊姿拍照忙。

溪石砌墙说岁月，老榕换叶越千年。

青春不敌光阴老，三九虽寒心未凉。

赏洱源东湖

东湖潋滟晴方好，竞艳芙蕖接远天。

雨后蓬莲滴玲珑，风前垂柳荡霏烟。

飞鱼起浪不遮面，白鹭低翔犹引吭。

欲绘空蒙难提笔，半分荷色半分仙。

老家庭院

滴滴春水蘸泥墙，梨面娇柔低粉颊。

碧叶殷殷集雨露，苦心不语扬馨家。

墙花

倩影娇娇行盛夏，香飘隅角媚出崖。

喧嚣路上开无主，谁晓闺中好年华。

丙申年断骨自勉

兴致公园急步走，咔嚓一响乐悲换；

围观人众无伸手，黑眼停吸脑茫然。

自诩奔行愈十年，今轮湿脚在河边；

失蹄怎讲陡坡滑，凝想神游步履盲。

急救急呼急友至，悉心照料一肩抬；

亲朋关爱满房馨，还赖汪兄举鼎待。

住院方知苦人多，窗前红日扫阴霾；

常言患时情恩暖，他人有需我也来。

本命前番折右腿，左边轮回双膝稳；

腓骨位移复断裂，来年取板再折腾。

痛无歇意如波涌，恰似整修从内抻；

口服止疼不可取，煎熬是药良方忍。

生活都愿逆别多，有劫恰如币正反；

苦骨劳筋非降任，动心忍性实牵强。

四海功名太矫情，千秋伟业皆虚幻；

人生只把事情做，挫折也归事这桩。

（李丽娟摄）

断腿周年记

冷风簌簌又拂身，作死方休竟满年。

疾步公园行大意，扑跌窘境笑心盲。

相依福祸何须虑，常叹唉声无气昂。

只手抚钢轻问骨，来年拾杖还登攀？

（鱼儿摄）

忆第一次醉酒

弱冠开瓶一口闷，只因肥酒清森森。

餐桌立转扶不住，左右急拥似近臣。

快饮才能出醉意，慢酌不醉只伤身。

嵇康赴死起音韵，刘伶海喝因情真。

脚踩柔棉行软泥，身飘云路伴灵霞。

远楼倾险复沉降，重影路人抬眼花。

夜深渴醒喉生烟，颅裂但求金箍夹。

年少不知快意险，贪杯回首止为涯。

（杨红梅摄）

近黄昏

云霞霭霭环苍暮，塔吊亭亭伴日孤。

及至寒灯点夜明，窗前再饮诗一壶。

洱源罗坪山风电场

朝露轻轻坠其间，谁浇花海罗坪颠？

风机悠转传风语，古木舒虬慰草怜。

欲探谷深春雾浮，始欢松野雾云开。

观天不抵临天处，空负杜鹃扑满怀。

游鸟吊山

茫茫苍翠接天际，氤氲沉沉罩水秀。

百鸟迁移循凤羽，千年赶火驻中秋。

如期振翅朝山聚，不悼凤亡寄琴愁。

唱和云音通旷意，盼嵇抚绿广陵留。

　　洱源凤羽寓意凤凰掉落的一根羽毛。鸟吊山，就位于凤羽坝子西部，苍翠起伏，是候鸟迁徙的必经之地。古书记载"叶榆北有鸟吊山，凤死于此"，据说每年中秋前后，都有很多鸟类汇集。只要点上篝火，就能形成百鸟群飞，"赴汤蹈火吊鸟王"的奇观。

瞰

不解凡间多乱象，奇云讶异画图腾。

虽说人有归真愿，毕竟浮华已染尘。

阳台远眺

市井喧嚣沉寂时，夕阳余烬燃天际。

流言蜚语里偷生，闭目凝神不问事。

动容希门

人生如意仅一二，奔跑希门哭感伤。

有错耻心将错推，自责可勉把责担。

不甘方显动容处，努力怎说人性难。

成败由天惟尽力，男儿有泪也能弹。

　　2018足球世界杯上，乌拉圭与法国进行1/4比赛。因自己的一次犯规，还谈不上失误，乌拉圭的希门尼斯哭了。哭了7分钟直到终场。哭自己队失败，哭自己犯规，哭乌拉圭没有挽救的时间，哭出伤心、自责和无奈。

元旦雪中攀

新年献媚增天丽，日下青峰裹素衣。

水尽常歇山穷处，浮云难扰更高时。

苍雪

古语①曾悲山覆白，追思枯骨愿魂宁。

皑皑换颜非昔孝，守海迎曦灿烂心。

---

① 明代云南总兵邓子龙写过一首绝句：唐将南征以捷闻，谁怜枯骨卧黄昏。唯有苍山公道雪，年年披白吊忠魂。

听泉庵墙角

泉水潺潺流日月，莲峰顾寺已千年。

崖边数里芦枝耀，墙下一花独自眠。

春意护红难忍离，霞光惜影屡哭怜。

簇居绽蕊何需陪，我守孤开零落前。

雨夜读《三国演义》

听雨淅淅叹北伐，上方烟灭自天数。

出师功盖军文政，教子殷说学志才。

丞相同曹不同命，隆中奇策应奇谋。

洞察当远失荆鉴，再有抽梯勿上楼。

    诸葛亮因刘琦上楼抽梯之计，劝其驻外避祸。最终刘表亡故时，刘琦不得见导致荆州易手。曹操来攻的时候由于荆州投降，刘备没了根据地而在当阳大败。如果荆州那时不丢，吴蜀联盟刘备或许就不需要借荆州，而是理直气壮占荆州，隆中对难说更有实现的可能，至少东吴偷袭关羽丧失了借口的合法性。

双蜓颂

晴空无助飞云急，渠堰鞁皱魃起跰。

翘首甘霖不必鹏，小蜓腹有藏风剑。

夏夜

蛙欢旷野眺星残，树挽徐风拦暑窜。

不忍灯无险路黑，蟾辉出岗照人还。

落英

昨夜花残落瓣哀，有情总被薄情踩。

既然冷雨浇寒透，一任秋风乱皂白。

无罪匹夫怀璧罪，起台铜雀锁乔台。

飘零莫怪人情恶，错寄芳心失自爱。

狼

月下长嚎满血搓，一心竞逐武威播。

狩失昨夜搅搅爪，瑟瑟晨冈犹在坡。

登鸡足山^①

我系云鞋踏翠微，驱岚入壑瀑中横。

拾峰为杖蹚天海，举塔轻敲金阙^②门。

---

① 鸡足山传说是迦叶尊者守衣入定的道场，集雄、奇、险、秀为一体。最高的天柱峰突兀天际，傲顾四方，峰顶建有楞严宝塔。山上松壑万顷，飞瀑穿云，晴岚淡翠。

② 金阙，相传是天上仙人的居所。

胜

寒林抖落路无遥，对战山高我在霄。

嶂里斜阳低首伺，归来弱水取一瓢。

卜算子·时光

翻书静水边，飞云几行睹。笺语细流已黄昏，
不知日嗔怒。

泛海任舟横，相思被岸阻。晓月犹明梦经年，
又拾孤影度。

阮郎归·冬季上奇峰村

绿衣褪尽路寒潮，山寂说萧条。

几许愁寄弯眉梢，何日挂朱绡？

老木壮，忍叶飘，烂命也能挑。

尽揽曦光系在腰，弱水汲一瓢。

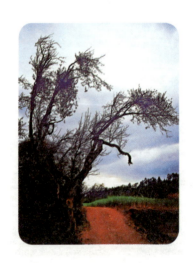

卜算子·雨滴

微尘挂细丝，来自天上水。坠地即化散珠辉，
悄然把野翠。
不好风雷音，安枝堪守岁。举力穿石压草低，
缩身凝可贵。

卜算子·桂花与树妖

婆娑雾重重，古枝遍苔赶。盘虬旧庙修日久，
树已深道行。
葳蕤拂风寒，桂为伊人漫。爱意馨馥镇妖遁，
香比符箓旺。

　　弥渡弥祉太极山上，有桂花箐和太极顶。一株古桂树据说已有1800年历史，相传为爱情而种，香郁飘远。太极顶森林覆盖率达70%以上，顶上有破旧的庙宇，参天古树极多，树形各异。

过兴盛桥

月色掩隐风吹夜，

霓虹微冷，烟花短走，

车灯急遁如昼。

寂寥身影向天歌，

浮萍半生，心未峥嵘，

看水无语自流。

凤阳邑

再见西风古道，

依稀茅瓦石墙。

桃花人面恍邀，

琴瑟樽杯嫣然。

黄昏吟

近暮夕飞扬，赤霞引我上穹寰。

老君相见欢，炼炉原为把云染。

苟且就灵丹，诗应和，写远方。

追思抚旧裳，忍却余温破情关。

淋雨漫步

斜丝如织漫天，竞逐挪。裹身可洗浇心、湿能搓。

无人夜，灯氲氲，正滂沱。久旱才逢甘霖、岂可错？

料峭芷碧

芷碧乍暖还寒，

独杆钓春江。

枯有味，花未香，

鱼潜底难望。

船头且躺一醉，

谁扶影逐浪？

斜阳峰下

灯昏染迤道，月白吊古关，暮色添秋寒。

清泉过闭户，相思黄旧窗，井头汲影单。

繁华落寞，任凭心海荒。

宾川采摘十六字令

柑，
好剥如橘瓣气昂。
皮金嫩，
入口汁留香。

柑，
翠枝欲坠挂满山。
穿行剪，
起身扶箩筐。

柑，
斯人劳碌身影单。
做田翁，
一肩收获装。

阮郎归·过西洱河

西风凛冽酒微酣，斜身陪月单。

问天生我去何方，前楼点暗窗。

灯燃尽，鬓成霜，闲来与洱酣。

欲捋翩翩把雪担，枝头脱帽寒。

相见欢 · 见师师

遥想北宋年间，才子皇帝宋徽宗和词人周邦彦都为李师师，一个青楼女子而折腰。前日登五华楼，感觉《清明上河图》的光景，还在流淌。同为那个时代的大理古城，依旧火树银花。

帝以布衣青楼，弃宫墙。邦彦缩身听曲、词知欢。

不崇武，只文艺，虏必然。纸醉莫谈弘道、心已殇。

晚行

夜刚垂，人挤欢，

急急步履阒然。

寥中斜影横何处？

止语且耐孤单。

心情识得桥下水，

误了世间繁华。

相见欢 · 等换了人间

夕下烽烟已消,马背凉。佳人翘首抚琴,还守妆。

萧瑟处,故国破,公子亡。星转千年繁盛,再缘欢。

浣溪沙 · 寂照庵

幽幽古柏闲堂前，寂照轻香苍翠间。

无尘道场净心田。

但看青春从网至，不言经语赶花鲜。

世外佛居多肉天。

浣溪沙·大理石空博物馆观锦鲤

翔底花鳞披艳孤，仰身出水望人读。

所谓彩头为谁殊。

本有翻江弄海志，却沦游赏悦池鱼。

一时心懒竟成奴。

漫步洱海生态廊道

水边秋色隐隐，慢道折弯远方。

云下石桥花开，绿垂汀渚鸟欢。

碧苔闲踏溪头，彩蝶酣眠草间。

看尽峥嵘往来，逍遥读己行缓。

鹊桥仙 · 寒潭淡烟

寒潭淡烟，败叶愁红，落影飘摇旧路。
陌上层林微染霜，惊暮云、忙把秋覆。

夜夜相思，枕枕残梦，信息恁多忍觑。
微信虽可代鸿书，只无言、拂泪装酷。

鹊桥仙·风雨人生

成也萧何，败也萧何，沧桑竟无定数。
往昔资本虽峥嵘，如固守、却又成误。

走得踉跄，跑得狼狈，风雨坑洼一路。
坦途莫对人生言，笑对苦、安然以沐。

蝶恋花·别双廊

欲唤孤岛回岸住，抚海平澄，玉几出水促。神光高
耀洒江暮，点点泛映照归路。
犹忆筵间刚鱼煮，鸥嬉花飞，不舍语老树。离歌只
为来日顾，淡淡闲心在民宿。

　　照片中稍远处，孤零零的是南诏风情岛，游离在水岸线之
外。与洱海岸边相连，伸进水里的为玉几岛，与风情岛默默
相望。

蝶恋花·闲

树懒挂树久未移，隔叶望云，卷舒皆由意。芳草舞风不忧己，千钧来踏只轻视。

懒上一回心可洗，放下且歇，安逸无目的。斜躺流光逐万里，惬在天高旷与碧。

临江仙·喝多了

赤耳赤目不醉酒，犹有明镜心田。斜影摇晃尚可还，席后多走，暖水慰身寒。

可怜晋帝亡被捂，江山竟抛失言。豪语切记罪人间，悔及乱放，自持成惘然。

　　东晋孝武帝司马曜，与宠姬张贵人酒后戏言，说她已近三十，要废了她，另找年轻貌美之人。张贵人怒火中烧，趁皇帝熟睡以后，用被子将其捂死。

（鲜总摄）

临江仙·梨花开了满树白

梨花开了满树白，香飘淡淡云天。素雅铺地一层绢，溢出春色，秋蓼堪羞比日间。

优雅低眉夺晴丽，红巾长袂在怀。轻语摄人嗔痴呆，知难自已，丹愫殷殷情门开。

天香 · 方便即懒（寄语现代快生活）

方便即懒，频繁则浅，生活再无深度。

易得不惜，智能非累，汗水岂还说努？

世已快餐，仰长嗟、忙竟成碌。

静思祖训犹耳，骎骎切莫至暮。

人浮江水随逐。

炎凉里，一生谁付？

羡古寄守明月，坚贞望竹。

恨今蹉跎空顾。

抚焦躁、浮华可精筑。

若有灵犀，灯阑珊处。

满庭芳·网络人生（见一些人沉迷手游有感）

网络人生，虚拟世界，逃离现实是非。

不思精神，路由器里真。

快意恩仇如梦，及回首、瘾耗青春。

网语浅，怎丰内心？近距也离分。

用幻了愿望，虽有悲欢，痛痒难跟。

宅家中，拟的生活可成？

只在网上倾颓，拇指间、比拼刻痕。

看未来，智慧过处，大头虚弱身。

老房子

一间旧房子，可以放我身。

大被眠晓梦，滋味朵颐胃。

开酒付流水，相酌拾水人。

一间旧房子，可以放我心。

听窗拂清风，下院捉云影。

闲陪花草簇，暖抚疲日宁。

觅间旧房子，裹香无喧声。

沏茶礼书画，慢语诗风尘。

缝里引隙光，启网笑浮生。

拾掇旧房子，以惬对苦短。

漂浮难潜深，疾急把碌忙。

不做不愿事，只睡想睡床。

过后才觉昔日好，风云已把曾经葬。

摩登可绘尚出彩，沉淀能析躁必安。

心放大江观没落，身逐名利竞高天。

期无冷漠乌托远，怀念天天去老房。

卜算子·希格斯玻色子

粒子已撞出，究源觅背景。为赋万物有形身，
场变唤力醒。
玻色亦有端，拼图厦未定。宇间微弱妙多奇，
勿言质量尽。

卜算子·星系

炫彩暗缤纷，星空胜画卷。远看点点近无边，
有谁把门串？
黑洞居中凝，物挤向心亮。莫喜入了可洞房，
轮回湮灭算。

蝶恋花·电子

一片虚空缥缈盖，行在轨中，随机绚起来。恰如地
帽月亮戴，成圈绕核晕无奈。

度量以己倍数整，正负缤纷，有电才红尘。跃迁集
放光子能，配对价键分子成。

蝶恋花·温度

暖非分子才高亢，有物皆成，运动起光亮。最低可
把初物唤，最高万物化能量。

心灵也需煦来伴，热出人生，恒温适应强。温情拥
得红尘暖，演化因温多碰撞。

蝶恋花·相对论

不变光速狭义断，时空平直，尺寸可缩短。运动竟把时间慢，惯性参考能变换。

时空弯曲广义送，引力红移，水星近日动。寰宇莫非可一统？眼光尚需更远弄。

鹊桥仙·暗示

思可改变，信有灵验，心念自存神奇。目的引领身行为，一剂强化有无意。

比较定向，氛围渲染，磁化生活成序。专注倍增做事功，信仰当凭自觉寄。

临江仙·万有引力

苹果落地有奇想，力学经典成章。常数距离加质量，星际开朗，运行成豁然。

相思妙在心难斥，冷漠不再人间。点化灵犀奔对方，遇阻不离，始有情缘欢。

临江仙·基因

碱基配对布深奥，染色以旋妙栽。追溯身世替后筛，序列是种，活为一平台。

欢呼破解亦顾虑，不老或也成灾。生应由天人莫嗨，凭己所好，当忧天谴来。

鹊桥仙·旋

周而复始，定中挺立，簌簌花眼几周。玩物可在转里耍，陀螺累己靠人抽。

自旋为本，旋转成轨，运动横空远走。旋出电性弄聚散，物质当溯此源头。

鹊桥仙·细胞

生从其来，死随其去，礼赞生命出彩。围核居中存信息，原子繁衍类此台？

微物得入，鲜活竟成，亦门亦墙膜帅。当阻恶性分裂起，美好生活不应癌。

相见欢·蛋白质

氨基脱水缩合，肽已埋。碳氢氧氮有机组，链为台。

能溶解，摄入补，是朊来。缺了不成生命，多亦哀。

临江仙·大数法则

蒲丰投针圆率显，一而再事可猜。掷币无数对半

开，只存正反，伯努才能算大概。

偶然重复成必然，发散趋于该来。大数有灵把世

筛，不定范围，变化仍现随机态。

相见欢·量子纠缠

量子也欢生活，一体侬。共源已久却散，寻君踪。

君若变，妾即改，如影从。距离难拆齐心，情本同。

相见欢·养生

动如脱兔潇洒，静安身。食疗锻炼修心，应寻根。

天行健，多努力，自有门。无为非是消极，促内温。

一剪梅·外星人猜想

生命当从演化究，起随环境，非按人修。勿臆费米悖外丘，或仍存羞，或已被丢。
招惹曾让霍金忧，以己揣度，弱者心胸。发达同步思想牛，能来地球，不扰地球。

一剪梅·梦

故人故事眠里抛，陌面难瞧，坠崖竟飘。似曾相识皆忆挑，经历可招，奇幻搭桥。
原本接续日思量，直觉来牵，情非虚狂。意识功效睡也担，美梦心欢，噩梦神伤。

一剪梅·自序性

翻读历史以今观，必成这般？恰好这般。事貌万千挑一单，不再其他，只为此欢。

世间冲突起沧桑，看似必然，实属偶然。有序怎比无序安？人可计量，胜率增强。

临江仙·薛定谔的猫

放射衰变击瓶碎，死活决于开箱。猫命多舛不由天，根在叠加，荒谬是妙玄。

微观悖于不确定，人设岂可衡量？量子也允相对观，感同虽可，身受难上难。

情洱性海

2018年暑期，洱海边，见青春往来冲撞。忆《关尹子》所言，"情生于心，心生于性。情波也，心流也，性水也"，想曹子健在《洛神赋》中憧憬的邂逅。恍恍然，有感而作。

淼渺晴空，㴋淋遨嬉，

曼睇生情，华裳留芳。

妖娆胜却洛水，

难道洛神也飘然在海中央？

驭云车碾碎阳光，

一点点撒到水面上。

卸下朵朵白云，

装点极净一片蓝。

人神殊道浪漫结心，

指而为期的潜渊一直流淌。

把子建心扉托波传话，

才是诗和远方的天堂。

远处，有汽笛声声，

游船匆匆拉走对岸繁华。

孤兀的三塔站了千年，

等陌上花开，采绿蘸江。

赤足站在浪花里，

静静听海欢。

笑靥拂水，青春带响，

抬手指天涯。

那一低头的温柔，

有如水底的青草无声泛漾。

清风即便错过了长发，

还偷偷地嗅发际暗香以遗情。

海浪用身碎为代价，

拥抱岩石片刻缱绻而不悔。

一个照面便是一生，

一次遇见已经永恒。

情有钟，心头燃起倔强的温暖，

活着有了方向。

相思一寸也绵绵，

临渌水长歌，执衣成双。

（照片梓妘提供）

我多想

我多想，

沿着险峭的山脊一路向上。

我多想，

在夕阳里拥抱树下。

我多想，

随风飘进暮寒。

燃尽山色，

与日同光。

没有人的荒凉，

兀影长长。

银杏叶

午后无人私语，

静谧凝住时光。

拾一枚杏叶书签，

打开封尘的往昔，

缱绻荫凉。

洱海公园塑像

多情的渔女，

一直守望白雪皑皑的苍山。

会不会，

迷失在高楼林立的下关？

沉静了千百年，

如今，谁逃得过心乱如麻？

即使雕成石样，

浮华也会把坚硬的外壳，

一层层剥下。

冬日微语

暖暖的午后，

我等你等了很久。

马蹄声至，

你留下的一瞥，匆匆。

为何不停下来？

稍稍驻留。

说说你的奔波和烦心，

还有泪流。

苍洱云景

我以为鼓角声声催人急，

我以为阵列森森在蔚蓝，

我以为勇敢喷薄，一心向前。

高云涌出气度——

挡我者死，乱我者亡。

滚滚秦师出了函关，

冲映大理天空上。

我怀疑是天启，

我又相信觉悟的力量，

我还知道，别误了复兴时光。

锄岁月

小时候，总是盼望长大，

以为像大人一样才自由。

就数着日子催促，

熬过一轮又一轮夏春冬秋。

回首，岁月都是捉弄，

自由还在那时无忧无虑的懵懂里。

多想拽住时光，

哪怕，它只片刻停留。

不懂，不得不煎熬的时候，

才可能光阴难度。

偏偏好奇心，已在不知不觉中开溜，

习以为常成了日子留不住的缘由。

倾心未知，莫习惯于安守，

可以把时间的味道挽留。

我狂热地在黑暗里跋涉，

求索，是重塑青春的一把锄头。

晚霞

一整天的喧嚣褪完，
晚霞却没有疲乏。

兴奋地披上金衣，
她是即将出嫁的新娘。

到遥远之下，
尽情妩媚、优雅、浪漫。

她知道，她渴望，
那里有夕阳。

有夕阳的温存和呢喃，
轻轻拥怀，荡漾。

山问

有人说，

你是花，迎风芬芳。

你是云，涤荡安宁。

你离天，很近。

春天里，

我听到召唤，循声随性。

我闻着清香，踏破花径。

我走进了你，很近。

苍山啊，

渺小与伟大，可以很近。

挺拔和娇艳，可以很近。

我们的心，更近……

（李红梅摄）

送行

秋水，西流。

一直舍不得，

曾经的眷顾，那殷殷挽留。

是风，

打出了满天的霓虹。

但你，

何需点亮告别？

有谁，

会忘了这蓝蓝的幽。

鸥语

白日飞翔，不都是自由与向往。

很多振翅，只是群体裹挟的无奈。

随众起舞，贡献自身力量。

我等入夜，不看别人脸色的时刻。

可以安享，无人叨扰的妙曼。

枝

匕首用来出鞘

铜枝，不是拿来炫耀

蓝天下呐喊

以冷峻击白云，不惧渺小

一个斗士，只为胜利奔跑

哪怕明天枝残身倒

岁月会记着我的骄傲

呢喃

那年、那月，

偎依细语。

无奈铅华褪尽，

剩了苦雨。

虽然已沧桑，

我还如故。

微诗四首

一

尽头处，

可有你扬起笑靥？

如往。

二

蔚蓝下的洁白，

脱俗高雅，

是降临的时候，生如花。

三

即使凋零，也要绽放。

即使逝去，也要优雅。

痛也是生的荣光。

四

时光是不老的歌。

划破黑暗，

才有影留下。

飞迹

碧空，无垠

我和你一路飞过

漫步白云之巅

展翅在胸襟里

看似没有交集的轨道

只是俗人仰视不解的嘲笑

我们高高向上，彼此环绕

心守望，路遥遥

心声

你盛开，在清风徐来的时候

团绿簇拥，水影绰绰

我默默从旁边游过

没有驻留，没有叨扰

不期有声

把情意掩在水中，藏在心底

小草

死寂总是悄然无息

破土一声霹雳

爆裂顽强地抗争，不懈努力

荒凉盎然生机

你说自己很短暂，倏忽而已

你问扑火，像飞蛾有没有意义

别担心，没关系

我们代代相传，孜孜寻觅

心里的你

夕阳放不下，整整一天的

眷顾和慈祥

晨光迫不及待，播洒铺满全天的

霸气与辉煌

它们竞相披上彩云，把早晚扮出花样

博取天空的好感

你不屑这样的功利和浮夸

不与纤云弄巧，不去云里隐藏

静静地舒缓长圆

在我的荒芜里清澄，朗朗

点化一片温暖

从此以后，再没有狂风肆虐

看苦雨横滥

从此以后，心中欢快地歌唱

任春水泛漾

这一生，无论我走到哪

所谓幸福

就是一直感受你柔软的阳光

隧道

一条隧道
幽长，还没有完工

人生，如果在隧道里
熬过漫漫，是否会柳暗花明

时光，如果在隧道里
穿出光霾，是否能回到年轻

一个幽灵，在此刻彳亍
尽头处，是否有洞天情趣

但我只想知道
究竟，能不能走出去

浓热

伴随太阳的西沉

浓热点点褪去

始终有不舍

眷顾曾洒下的酷暑，炙烤辉煌

竟将满腔的无奈

愤懑染红天际

好吧，我就把你的淫威

化作满天彩霞

即兴吟

昆明采莲河边，大理海东山上

不算小的house，也不是很大

一所房子寄托了多少奋斗，多少情思

春暖花开，似乎不算太难

晴空里一声呐喊，不奋斗怎有春暖

我想认同，呐喊声已被水花一次又一次冲刷

若苦于名利，又去哪里等花开放

这一叹息，也让山风一阵又一阵吹散

完美只是理想，现实总有缺憾

我珍惜忙碌，安享祈盼

爱过，打拼过，沮丧过

依然期待悲欢离合，路漫漫

抵抗

变天了，冰雪狂暴

为了冰封大地

扮出晶莹的面目

一番滋润的借口，还有祥瑞说辞

冻死受迷惑的虫枝

这点伎俩骗不了野草

弱小它们就抱成团

在根上挤温暖，护住土壤

撑开细枝，唤出生命力

努力撕开淫威

呼一口生机

悔与憾

往事让我懊恼

后悔当初的无知，后悔当初的冲动

你拍了拍我肩头

好呀，可以了

往事让我沮丧

遗憾那时的犹豫，遗憾那时的胆怯

你扶了扶我肩膀

哎呀，认命吧

后悔可以改正

遗憾永远错过

你说，生活里始终有风在吹

这风啊，吹得我凌乱

在荷叶上

在荷叶上滚动

水不再只是圆形

或长或短，或扁或方

把随意流淌

在荷叶上滚动

是水最轻松的自由

想走就走，无拘无束

让惬意慵懒

在荷叶上滚动

水纳七彩万般变幻

晶莹剔透，聚绿羞黄

可上色时光

如果可以选择

我也想翻滚在上面

高兴的时候透亮

不高兴了，四散

荷叶何田田

水珠戏叶间

我就是荷上一滴水

叶，是我的温床

我是顶上一片云

天空

依然不平静

依然不干净

多少人在风中凌乱

在霾里哭泣

无助地战栗

过客

是我邂逅你的样子

偶尔留下了投影

不是刻意地非要闯入

飘荡之中有情缘

我是盘在你顶上的那片云

虽然

不能永驻，成不了归宿

也起不了太多作用，无法护佑

至少可以遮挡一些阳光

我想为你增点色彩

就在这个午后

忆

太阳打烊了

忧郁的山色更加沉默

霞光百般抚慰

最终也撒手绝望

独自坐在幽暗里

噙着泪水

把月亮摘下来当透镜

折射过往

夜空掩没的轮廓

勾勒了骄傲

勾勒了痛苦

却勾不出背叛

失掉月光的面容

藏住了青春

藏住了岁月

却藏不住迷茫

凸凹的余光中

几道深深褶皱的线条

吞下厉厉风雪

硬朗着空荡荡

大理蓝

有一种色，

调和姹紫嫣红，

延绵了通透的爽。

有一个字，

邂逅清新平静，

忧郁着淡淡的哀。

在大理，

这种色，这个字，

是难了的情。

天空洗尽了梳妆，

摄入心魄的不是素雅，

析润凝滑，碧成邃。

水面缥缈着裙摆，

随风起舞的不只清澈，

寒水烟淡，笼为纱。

像泪水浸泡的青玉，

温润一层涤荡的透明，

摇曳不可触摸的光。

是可人的眼神茫茫，

是飘摇的身影倩倩，

是鸢尾花下的宝石湛湛。

浪漫作证，缠绵相伴，

一颗纯粹的心，

干净得连影子也雾蓝。

爬上苍山，泛在洱海，

蓝一抹天色，

温柔残阳。

天桥

在街头的十字路口

矗立着一座天桥

我喜欢站在上面

听四面八方的风

看四面八方空荡荡

从各个方向来的车

在脚下急速驶过

嘈杂的声音汇成河

从各个方向来的人

匆匆爬上桥

匆匆地远走

在我身旁擦肩

谁都不会打个招呼

连天上的白云也疏远了不留

路边的高楼耸立繁华

不甘落寞的光影拼命闪烁

我孤零零地站着

孤零零地看着

属于他们的热闹

只有夕阳用长长的影子陪我

只有吹过来的风懂我

街头的十字路口

矗着一座天桥

我时常站在它上面

看四面八方的喧嚣

秋夜听雨

止不住的绵绵，

不期而至，

透了阵阵微凉。

在静谧的暗里，

和着昏柔灯光，

淅淅弥漫。

如一铲铲的飞沙扬起，

散一层薄薄灰雾在空中，

迅疾满天直落下来，

蜷缩的身子骨敲得打颤，

拽紧衣角遮住浸入骨髓的寒。

簌簌秋雨拉上大帘，

不曾沾衣湿了心房，

一地碎了的绝望。

霜打的秋已经寂寥，

还把红的色彩带给枫叶，

把银杏染黄，

夜色却是依旧不变的沉暗。

似有似无的歌声中，

苦涩的记忆时断时续，

错失丁香一样亦梦亦幻的姑娘。

凄凉哪堪不停敲打，

勉强撑起精神，

听浪漫折在冷雨里的哀伤。

败歌

太阳散着苍白的冷光

漫天的漠然

满天绝望

我失败了

拼命努力，反复努力

终于还是败了

任凭悔恨揪着头发哭哑

任凭沮丧在无边的夜里难以自拔

任凭懊恼无力抓狂

身后是戳脊梁骨的指指点点

风那么幸灾乐祸

连星星都挤出了嘲讽

我拼命吞咽已经苦涩的果

花开难知叶曾经的落魄

天空也不会懂云的落寞

何必假装享受失败

不然又败了一次

败就有败的样

抖落疲惫，醉倒酒中

合着揪心的痛翻身睡去

暂且在麻木中遗忘

失败了的我还是我

败是谁也拿不走的体验

伤痕同样是岁月给予的高光

梦回清碧溪

（三十年前聚清碧溪）

苍山，余脉巉峻

崖口，轻耸如门

峰石间巇开一缝

映衬着山色

悬流一泻起音

是寒雪融出的冰清玉液

是老树凝在根上的滴滴清露

是白云撷采的彩练水丝

昨夜梦里，泉水又从天上来

把清溪三潭渐次浮现

炫彩悄然映照在潭底

泛起隐约变幻的晶莹

水面明莹成镜

波纹微漾，叠着云光沉影

累累石子，层层纹理

容不下喧嚣一丝印迹

流溢世外的清新

掬上一口灌顶烦心

清澈涤过俗身

恍然间回到了年轻

回到年轻，享受这样的纯净

不被岁月的世故染尘

无拘无束的悠然里

一直祈盼的放浪形骸，已真

实在不愿醒来

梦里才有回转到过去的资格

青春洋溢

与一泓寒艳的翡翠相遇

太阳高照

人生清许心如碧

什么时候

再回清溪

玉带路云游

松香漂洒的幽径，挂在半山腰

和缥缈的云同道

弯曲在尽头的峰崖，劈削碍目的陡峭

铺簇簇杜鹃欢笑

溪水驻留成泉

喧哗冰清到彻骨的爽

挣脱了山怀的怪石

用深深的褶皱低述自由的妙

在飞涧里彳亍，揽西沉的晓月入怀

许一缕清风载梦扶摇

应和啾啾的晨鸟，与朝露同涤晶莹

陪路边亭台看苍洱飘飖

黑影踏上石板

几颗不再沉重的心撒欢，恣意奔跑

大楼

电梯门开，人群蜂拥而出

刚才还有意无意碰撞的肢体

各怀心思，不再交流

眼神四顾着茫然，难言致意

圈起熙熙攘攘的舒适

圈出近在咫尺的疏远

圈着来来往往的冷漠

圈在引以为豪的牢笼里

看似坚不可摧的堡垒

隔绝风雨尘埃

也隔绝了热情

空调吹不出新鲜的空气

蜷缩起心中的安全感

也蜷缩了曾经奔放的思想

驯化最后挣扎的一点野性

是钢筋混凝土浇筑的厚实

凄厉的高楼风越来越烈

呼号、穿梭、游走

清扫不堪的街道

痛心到处自我陶醉的奢靡

凝固的艺术作茧自缚

智能必将慵懒，舒服只会麻木

我们已被诅咒——

不在倾覆里灭亡，就在安逸中受死

彩虹

是雨神弯起了弓

是补天的五彩石发光

是人间喜庆的鹊桥

天空何处不彩虹

偏要搭在洱海上

明摆着想载人进苍山

为什么离得那么遥远

折磨可望不可及的无奈

为什么那么绚丽

更加落寞苦涩灰暗的影

这条美丽的绶带

应该授予一颗愉悦的心

这座美丽的桥

不应该渡不想挣扎的人

有山的伟岸加持

有田陌重彩的渲染

有风清新的呢喃

天空美丽才彩虹

在阳光的背面可以看彩

为何要躲到生活的背面忧郁

虹霓在拱里圈出美好

怎能去它的外面游离

不管雨下多久

总能等到彩虹出现

雨后出现彩虹

天空里没有霾

撑起孤帆向虹走

不负炫彩开门

咋办

我是一个囚徒，

心里仰望牢外的天空，

身子听别人的话，

服从吆喝与使唤。

不想低头，

自惭形秽却是我的标配；

昂起头来，

又时常绊倒在脚下。

该咋办？

我是一团火，

以为可以给别人温暖，

以为可以将自己照亮，

最终只是把烤焦当涅槃。

有梦想，

却永远都是梦想；

没梦想，

一辈子俯身犁地不见希望。

该咋办？

我只是一片树叶，

养我的枝丫注定不是我的地盘。

被风吹向不知道的地方，

在别人的地里腐烂。

身不由己的叶子，

啥也别想。

雨水打湿了身体，

太阳又把水分烤干。

该咋办就咋办。

西洱河

太阳东升西落

哪里都一样

在晨光中寄洒希望

在夕曛的美丽里唱晚

西洱河上的迎来送往

还述着一份呢喃

山与海前后加持

滟滟中的驻足，演绎风月

城市相拥左右

喧嚣中的徜徉，流淌安详

一段穿过蜿蜒的时光

不再匆匆扬蹄疾走

一幅慢了时空的油画

在宁静中怀想

万人冢堆了千年的枯骨

龙尾关多少世纪的凄望

始终凝在桥上

不变风风雨雨转换

斑驳得起壳的旧影

依稀自豪着金戈铁马疯狂

可离了和平

经历也是承受不起的殇

河水的告别，将上千个家庭点亮

天生桥干涸的河道

远去了旧时咆哮

钓不到曾经风霜

云烟都是历史的尘埃

遮住轻薄的心，蒙不住过往

奔腾的气势削成静缓

今月照不见昨日忧伤

江风寺上，风在呼号

倒流不了水花西走

却把流逝缓慢

争先恐后不一定就能上船

奔忙只是无奈地挣扎

迷失了自我，迷失了方向

只有沉浮会捋一捋

那无休止的乱

斜阳峰的云，卷不走阳光

就为它绚烂

映在水中的

也在心上流光

西洱河边的人

闲着太阳

有你，我才发光

夜空里人们看到皎月

是因为太阳照耀

苍穹下我在云霄

是因为站的山高

刘邦因项羽才成为帝王

林丹因李宗伟才更加强大

对弈是两个人的精彩

较量是强者的对话

有你这样的对手

我抖擞精神，厉兵秣马

我知道你不会给我犯错的机会

所以不敢一丝懈怠

我知道你的强大

所以把每一个细胞都调动起来上场

我如果能成功

是因为挡住了你的拳头

我如果能成神

是因为有你这神一样的对手

感恩世界

基于规则下的竞争

感恩有你

我成为最好的自己

如果争的空间有限

我们成王败寇，愿赌服输

如果竞逐空间可以增长

我们携手把蛋糕做大

不说了，来吧

我向你战斗，我同你发光

油菜花

黄本是秋的标配

却被春色早早拿下

不是那种金黄　迟暮的绚烂

有绿烘托　黄得一片盎然

远山铺卷青翠

蜂急不可耐地闻香　蝶也借风起舞

沃野摒弃了重彩的夸张

透亮欢快的光

生机是梦想的冲动

冲动成熟以后不可能有的自由

喷薄怀揣骄傲

骄傲可以挥霍的力量

岁月千百年

油菜花一茬接一茬

天不再玄冷

地依旧是黄的暖

下 文篇

导 言

寒窗时已过，胜却寒窗苦。

寂寂昏灯伴，沉沉逐句努。

殚精非累己，恍悟自心读。

破晓将身起，推门看日出。

（杨莹摄）

房顶的生活

夕阳低垂伊始，我本想去赶点余晖，却不经意走进了龙溪路上一个废旧的厂子里。

这个厂不大，孤零零只有一座厂房。厂房又长又高，里面空荡荡的。门上一把厚厚的大锁，像是许久不曾开过了。四周倒比较规整，不多的爬藤、花草、树木，都被精心地照料着。我正揣忖谁还在打理这一切，瞟眼看到房子边缘，矗着一部直通房顶的铁皮楼梯，于是好奇地爬了上去。

原以为上面或许可以观景，不料竟盖着一个完整的生活区。两排筒子楼般的宿舍，铺满了整个厂房顶部，中间留有一条狭长的过道。楼梯入口处，是一座令人怀旧的公共厕所。在它背面，搭建着水泥的盥洗台，整齐地伸出来五六个老式水龙头。

20世纪五六十年代出生的人，对这一幕场景恐怕都不会陌生。一群青工，仿佛还在过道上打闹嬉笑。间或几个，从屋里端着搪瓷的脸盆走出来，到水台上冲洗乌发。红扑扑的笑靥，青春而又单纯……曾经的集体生活，是那么简单，那么热气腾腾。它们早已不在现实里，会不会还停留在离地面几十米的空中？

我沿着过道，缓缓行走在一间间小屋前，就像检阅一支旧时的队伍。低矮的房门大都紧锁，不过有几间还挂着门帘。在窗台下面，摆放的花草开得很盛，墙上几床晾晒的被褥，已经破旧了。很想找回一些熟悉的记忆，但伴随我的，只有屋檐下隐约回响的电视和音乐声。

从尽头处折返，我轻轻爬下来，思绪一直没有平复。四下里，没有人声鼎沸，没有步履匆匆，却不难想见当年叮当作响的生产场面。这时，一位老人带了个稚气未脱的小孩放学回来。老人躬着腰，有些年代的夹克外套，因为背部耸起而略显局促，更被肩上的书包，揉得夸张地皱褶起来。他撅着不太灵活的双腿，吃力攀上嘎嘎作响的楼梯。小孩戴着黄色的学生太阳帽，欢快地在楼梯上跳跃。

只要还有人坚守，废弃就不是荒废。垂垂远去的记忆，总留着一份熟悉，一份安详。不知道这里还能保存多长时间，历史是不应该被抹去的，可惜它难说也会拆迁。

燕子里来

大理古城北门外，本是一条静谧的古道，如今却被旅游推搡得熙熙攘攘。幸好在路边，还能寻到一处清幽，可以解一时疲乏。这是一家客栈，不难找，大门上黑色的牌匾很惹眼，拙写着"燕子里"三个字。踏身进去，琴音袅袅，尽见花语飞扬，把一股似淡还浓的情怀，弥散在随处摆放的精心里。

前院已是别样安适的洞天，但穿过门厅和转廊，还夺目着一座姹紫嫣红的花园。莺啭水潺，客房围绕它而渐次展开来。一间间整齐的小屋，充满了呼吸感，贪婪着庭院芬芳。屋子的摆设极为讲究，床榻虽有落地玻璃与花园相隔，却都向心中央。在这里安睡，仿佛醉卧在花丛之中，一睁眼便是花样的明天。

大理是上天垂爱的尤物，举手投足都是风花雪月之优雅。没在这样的天地里开客栈，真有点遗珠弃璧，而做不到精致，那更是暴殄天物。在民宿业极为发达的今天，特别的客栈必定出自特别人之手。摆弄出这么一座精品，老板燕子确是一位不平凡的人。她很艺术，艺术人经商，做民宿再合适不过了。难能可贵的是，燕子还是本地人。

院子里吊椅缓缓摇曳，安享一种隔绝浮华的隐谧。暖暖的午后，时间几乎不再流淌，和顺着屋檐角落，温柔了心房，把情思刻在断断续续的日光上。静尘无忧，芳菲影绰。

民宿，不一定要豪华气派，但一定得体贴精致。客栈住的是慵懒，品的是轻松，享的是安逸，最应该有文化。少了这般品味，还不如叫旅馆。可文化不是挂在墙上的炫耀，不能把它强行塞进门面里，理当掩藏在不起眼处，体现在不经意间。只是时下各种的急功近利，往往把文化弄成了牵强附会的摆设，像一种格格不入的体面。弱水三千取一瓢，或许在文化人自个的经营里，这才宛若身上的气质，悄悄溶于血液之中，没有丝毫的做作。

"燕子里"，确实恰如其名，雅趣有若飞燕，低眉可见安暖。随手安放着精巧，蓦然惊艳了时光，相见就喜欢。

梦里樱花

　　小时候一提起樱花，就想到它是日本的国花。慢慢地，我才知道那樱花是从中国引种过去的。据说，最早就是由我们云南的苦樱桃演变而来。

　　在我的记忆里，印象最深是十几年前，在昆明圆通山上观赏的樱花。一树又一树，层层列列开满了山坡，粉若霞飞红如锦。成簇连片，似海流觞。穿梭花海，流连在鲜艳里。

　　这些年回到大理，眼见樱花也渐渐多了起来。它们比起圆通山的景象来，似乎有过之而无不及。各色樱花都被精心地布置成一道道景观，惹人流连忘返，但总感觉人工雕饰的痕迹太重。

　　我一直以为花之美在于成片，就像如今的各种景致那样，气势在色彩的传达上更为优越，富有冲击力。只是内心里面，勾起自己一道又一道涟漪的，并非那阵阵花海。我喜欢随处走走，小道边、村落旁、古刹深处，总会遇到一两株盛开的樱花。它们往往在不经意间出现，在看似不起眼的地方，悄悄地伫立着，静静地绽放。花瓣嫩得似乎能掐出水，不含一丝杂质。红樱出火，粉里高洁。

　　置景多群集，闻香需浓郁，自古以来几乎成了养花的定式。孤植的樱花，通常并不是有目的之所为。看似落寞地随意生长，但它临沟渠，映衬了溪水清澈；在院落里，也帮扶着石墙瓦檐的古朴。

白居易写过一首关于樱花的小诗，"小园新种红樱树，闲绕花枝便当游"，这样一种悠闲自在，确实与樱花的品行相符。在苍洱的蓝天碧水之间，一株株独倚田园的樱花，比起都市里各种拼凑相拥与争奇斗艳，似乎更有味道。

刻意地追求不长久，不期而遇的美最动人。稀疏的花木，难有逼人气势，没有喧哗热闹，却存着一种孤傲的夺目。孤芳当自赏，如同人的慎独一样，唯有寂寥多感动。

转角处，我又看到一棵盛开的樱花，忍不住奔过去，陪伴在树下。没有别的花草来叨扰，默默分享它的内心之娇。

南柯

我来到佛前，虔身而立。金光闪闪的佛满含慈悲："觉悟了就能成佛。"我有点不信，这点化靠谱吗？也太简单了吧！圆满是否修得出来？佛陀您可是有夜睹明星的机缘，才在菩提树下大彻大悟的。

难道说我们只要想通了，也会拥有神力？看看梵天，这样的大神，是有四个头、四张脸、四只手臂啊。肉眼凡胎的俗人，怎么可能变成神呢？

他仿佛看出了我的疑惑，微笑着拈花不语。看我没有迦叶尊者的悟性，只好抬起另一只手，指了指远方。我顺眼望去，前面云雾袅袅，在阳光下泛紫腾升，一头青牛款款破雾而来。朦胧之中，老子骑在牛背上似睡非睡。他悠然地来到我面前，睁开眼轻轻地说："这个嘛，无为而为，莫要强求。道可道，非常道，悟道顺其自然。"

觉悟了，即是悟道？法无定法、万法归宗，莫非这便是殊途同归？也对，不是都提倡打坐来提高修为吗？但我还是有些不解，隐隐觉得没那么简单，不由看了看身边的尹喜。他没有理会我，正贪婪地翻阅着老子递过来的《道德经》，喃喃于贵清。

"尹喜，这里是函谷关吗？"

"你觉得还会是什么地方？"这关令头也不抬，似乎不愿受到我打扰，就没好气地回了一句。我呆呆地站了半天，在这一团迷雾之中，有点难以自拔。

不，不对啊！都在说紫气东来，紫气既然东来，这话不就是说现在我已经站在了西方？

西方，那是极乐世界。往生之净土，佛就在那里呀。陡然间，我只觉热血澎湃，莫不是自己真的已经觉悟，也成仙了？

有如电光石火一般，通体明亮。既然我已非凡人，那就应该像基督一样，去传送上帝的福音，替世人赎罪；还可以如穆圣那般，做个使者，告知安拉的旨意，描前定绘后世促善行。

夫子，您躲在一边偷笑什么？责任大于天，我哪能只顾自己，如您那般克己复礼，求仁讲义，最终圆滑地为人处世。内圣外王，不还是与您的那些弟子一道吗？要么一味地"存天理灭人欲"，要么时刻不忘慎独；或去格物致知，或期知行合一。

我应当成为弥赛亚，去拯救那些受苦难的人，而非仅仅像一个萨满巫师，以通灵搭起人神间的桥梁。

咦，为何还有一丝寒意？不是已经消灾延寿、脱离生死了吗？

居然还越来越冷。我一个激灵醒了过来，唉，什么时候把被子给蹬掉了？

冬天了，别老是做梦，小心感冒。

生活处处精彩

我的腿做了手术以后，医生说要两个月才能落地。不过前两天经X光检查，行走可以提前半个多月实现了。看来平时的身体锻炼，还是很有用。下地之后拄着拐适应了一段时间，今天终于甩开拐杖走出家门，这感觉真好！

出院的时候医生反复告知，一开始走路的时候脚会疼，但必须坚持下去。下地伊始，我不知不觉就走了一万多步。奇怪走这么多路，自己居然没感觉到有多痛。只是膝盖弯曲了一个多月，走起来还不大灵活，只能蹒跚着，缓缓而行。

走着不是太疼，这似乎颠覆了过去自己在痛感方面的印象。我一直以为对身上的疼痛是比较敏感的，承受力低。曾经嘲笑过自己，如果被抓入大牢，或许就是当叛徒的料。有一次坐在治牙椅上，听着"吱吱"的旋转声，就觉着痛入骨髓。连医生都笑了起来，"这还没开始呢"。我睁开眼，看见高速转动的机器在面前就这么响着，并没有放进嘴里，真有点不好意思。

印象最深的是十多年前第一次手术时的情景。当时同样是断了腿，与这次不一样的只不过一个左腿，一个右腿。手术完毕，等麻醉过了以后，钻心之疼开始一阵阵袭来。在夜深人静的时候，尤为重。我一次又一次地拿头撞墙，希望转移一下感觉，减缓点痛苦，甚至向护士要了颗止疼药。

第二天晚上，入院了一位新病友。关灯睡觉时，我看他在肩上搭了块毛巾，因自己疼痛也就没多想。迷迷糊糊睡着以后，隐约听到他哼哼地发出低沉声。我急忙打开灯，只见病友半躺着，由于下半身不能动弹，就把脑袋和肩撑起来又躺下去，尽可能地做起落，力图舒缓些疼痛，还努力压着自己不发出声音。他不停地擦着汗，那毛巾就像从水里拧出来一样湿透了。

他见我起来，不好意思地说了声"对不起"。

"疼就叫出来嘛，这样好受点。"

他喘着气回答，"不碍事，怕影响你休息"。

攀谈起来才知道，他一年前被山上滚落的大石块砸到腰，髋骨粉碎性骨折。今天没留神在家里摔了一跤，把骨头连同固定的钢板一块摔断了，只得又住进来，准备再次手术。

我当时，恨不得找个地缝钻进去。相比之下，自己这点痛算得了什么，居然弄得要死要活的。事情最怕有对比，那感觉是生平最窘迫的一次。羞愧之余，居然也就没那么疼了。

一转眼多年过去了，这一次断腿又重蹈覆辙。好在这些年来我一直在努力修行自己，深知思想对身体的影响。冥冥之中，这难道不是为了检验我的修行成果？

往常忙碌或平淡地过五十天，现在在床上咬牙忍受疼痛也是五十多天，收获大不一样。朋友们都觉得奇怪，我怎么好像一点也不痛苦？笑我太作，我倒很感谢这次经历。

比起上次受伤，同样的情形，真是不一样的心境。经历以后，疼的感觉也少了许多。挫折不可怕，没有这就有那，谁也逃不了，关键是怎样熬过它们，又从中有什么样的所得。

今日这趟出行，一种历经磨难之后的欢愉，让我又体会了往常被忽略的几多感受。都说失去了才知道珍惜，不过，要是像现在一样能捡回来，那才是真的珍贵。

回到家里，我长长舒了一口气，还有点莫名的小兴奋。落难看来不算太坏，如若克服了它，更让人高兴了。平凡带雅兴，壮阔出激情，生活怎么着其实都好，处处可取，时时精彩！

读《阿董往事》

董锦汉是我的表叔。他，昔日喜洲一个农家子弟，依靠自己的才华和奋斗，竟成为中国音乐界一位大咖，成就了一段传奇。表叔是国家一级指挥，曾担任中央民族大学民乐系主任，中央少数民族乐团的艺术总监兼指挥。

几年前表叔出了一本书《阿董往事》，希望我谈谈感想。可惜，当时我沉浸在自己天马行空的修炼和思考之中无暇他顾，根本找不到感觉，一直未能细读。

今年暑期表叔回到大理，我与他进行了几番激情碰撞的思想交流，充分感受到了他的音乐魅力。我不由得记起曾经的约定，于是重拾厚厚的《阿董往事》，认真拜读。

不读不知道，一读吓一跳。原本以为这也就是时下盛行的名人出书罢了，不会有多大的文字效果。没想到，一双画音符的手，画起文字来也那么有功力。

或许是天赋，或许艺术到了顶级，都是相通的。

"人生就像是一部未完成的交响曲，是一个完整的奏鸣曲式"，开篇就是一个音乐人对人生的文学感悟。全书用引子、呈示部、展开部、再现部的交响曲式，新颖地搭起整部书的架构，饱含深情讲述了他童年、学艺、成长的一个个故事。

父严母慈的记忆、五位哥姐的情意，以及对师长和同学的感恩逐一登场，浸没在字里行间。学艺时偷偷初恋、在西双版纳与小卜少雨夜邂逅、同司琳表孃的爱情经历、创办少数民族乐团的艰辛、第一次举办个人音乐会的喜悦、北京奥运在希腊雅典闭幕式上8分钟的辉煌……让人忍不住与他同悲同喜，同享人生浮沉。经历虽有不同，却是我们都熟悉的生活，它们就这样渲染在表叔的二胡、作曲、指挥三大音乐梦想之中。

如今表叔还根据书中所述，整理出一百多个故事情节，准备拍一部音乐电影，邀我也参与。我是责无旁贷的，不仅为亲情、为大理、为文化，更因为，这是一件极有意义的事。

《阿董往事》留下了一份珍贵的历史记忆，书写了一部华丽的音乐篇章，也为后人奉上了一份励志的传奇。

下
文篇

读《凤羽滋味》

这两天在读一本书，《凤羽滋味·食话食说》。这是我高中同学王峥嵘对家乡凤羽美食的介绍和对往事的回顾。他就读于复旦大学新闻系，担任过《大理日报》总编，还是大理州文化局的局长。

市面上的书籍很多，但这是近两年为数不多能够让我沉心细品的几本之一。书里讲述了他少时的五十个记忆片段，语言平实悠扬，娓娓而来。我依稀在文字里，找到点民国时期的文风。那个大师辈出的时代，有一种含而不露却浸润心脾的亲切与熟悉。

字里行间的故事情节，一篇篇简明却让人流口水的美食描述，都是心底对家乡的浓浓记挂。一个人不管走了多远，不管取得多大的成绩，对家乡的这份情怀，总是让人尊敬的。

他已经是文化界的领导，不仅笔耕不辍，而且丝毫没有迎合当下一些常见的文风而故弄显摆、无病呻吟、酸腐做作，实属不易。文字于无华之间显功力，情感在谦下之中真表露。我还惊讶于他对年少的清晰回首，想想那时的自己，懵懂得最多有些好玩或好吃的粗浅记忆。

受益匪浅的，不仅是文字上的愉悦，还有对曾经经历的共鸣，更在不经意间上了一堂生动的美食课。书中对传统风味信手拈来的知识点很感染人，它们巧妙地融在一个个往事之中。原来我过去熟悉却又漠视的美好竟是如此这般，很有些恍然。

"这些以'吃'为记忆的篇章，想表达的是，在回忆这些吃食味道的同时，是不是，我们也能咂吧出一些可以回味的滋味来，比如，关于那片山水间世代生息的人，关于那个历史文化名镇从远古至今的文化况味"，王峥嵘的这番深情让我折服。若不是有心、没有感悟，是难有这样的境界的。

我一直相信，一个对食物极具鉴赏的人，无论在生活里还是艺术领域，肯定也是个极有趣的人。凤羽的确人灵地杰，人才辈出。

苍山晚霞

　　传说太阳神阿波罗，非常宠爱儿子法厄同，答应满足他的一个愿望。法厄同提出，想要独自驾驶大神那辆带翼的太阳车一天，从东方天边的日出之地，到西方落日处。这愿望很快实现了，可惜他并没有驾驭神车的力量。太阳神车不受控制，偏离了自己以往的轨道。于是乎，炙热的太阳烤焦了大地，烧干了河流。

　　西方这一神话，与中华远古时期的"后羿射日"篇章，颇有点异曲同工。古老民族流传下来的，不论大洪水传说，还是关于太阳的故事，很多都如此。同处一个地球上，或许有着共同的际遇。

　　如今的气候越来越暖，但今年虽已中秋，我还一直没有体会到酷热的感觉。抬头看看山顶上美丽的晚霞，两柱光芒刺破天穹，确实有点神车经过的感觉。它为何没烤热山川？这是在东方，说不定是夸父逐日良久，在身躯倒下之前，找到了大理这块地方。他立起苍山作为屏障，守护大理的美。可能是苍山作为守护神，不忍大理的美丽被肆虐，匆匆让昨夜降下雨来，才化解了白日烈阳的摧残。

　　我正站在田陌上出神，天边已经一片渲染，流光溢彩。霞光不仅映红了天空，也把地面覆上一层薄邈的紫霜。山巅云深处，那么通红，宛如一座正在燃烧的大熔炉。古代中国相传，帝喾高辛氏时期，祝融在有熊氏故墟，担任火正之官。说白了，这就是火神的意思。莫非此时此刻，他竟然来到了苍山背后？像太上老君炼丹一样，使劲地煽起熊熊火焰，带给云朵温暖。

法厄同驾驭不了神车，与奔跑赶日的夸父一样，都死了。大地被肆虐的后果，大体一个模样。不过，与太阳神话相反，中国对火的理解，相比之下便有所不同了。当西方还恐惧于脱轨神车对大地的摧残，东方的后羿早已射下了九个多余的太阳。

只有一个太阳照耀大地，火自然不会像西方的烈焰那样生猛。它不再是硬的力量，而是柔的化身。火神以火施化，为民造福，人间有了正常的生活，灿烂的晚霞也因此温暖不炙。

天空一旦不是凶悍无比，就布满了柔情蜜意。它搭起鹊桥，尽显对有情人相见的欢喜。

大理的夕光尤其特别，在山、云、海的共同映衬下，有着不一般的温馨和浪漫。忽而从云缝里射出道道耶稣光，翻腾耀眼，如手电筒般指引游人关注海间陌上；忽而又泛蕴染天熏山，为远处的高楼水光轻轻抹上多情的色彩。有时铺满天空，卷万里流云；有时凝亮聚色成一点，只在山顶徘徊，夺人目光。

山有晖，海含情，三塔聚光芒。延绵在苍洱上空的晚霞，或如牡丹绽蕊，色彩斑斓，或似西子收颜，淡雅素妆。这千娇百媚，有万般变化。我知道，它们正是在火中绽放的优雅。

大理的云

大理，一个充满诗意的名字。它有着风花雪月的浪漫，有着诗和远方的情怀，就连飘在上空的云，也极具性格。

我还不曾见过哪里的云彩，如此绚丽，这般多姿。因时而异，因情而变，与山水呼应，奇景频现。有时妩媚；有时娇羞；有时温情；有时狂暴。云淡有风清的妙，云深有风卷的威，云面有风情的俏。

"横看成岭侧成峰，远近高低各不同"，我以为说得更像是大理云。中国几千年的文学长河中，对云的描绘、写云的寄托，诗句不计其数，它们总能在大理找到共鸣。

"帝乡白云起，飞盖上天衢"，这诗句啊，我觉得就像在大理国时期写的，那是一个充满了人文气息的时代。"灵山蓄云彩，纷郁出清晨"，还有"彩云惊岁晚，缭绕孤山头"，从苍山斜阳峰看去，它们至今都是些常见的景象。

在大理揽云，有三个极佳的地点。一个在团山顶上，眼界随苍峰迤逦，顺洱波淼淼。很有点"杳霭祥云起，飘飏翠岭新"，乃至"明月出天山，苍茫云海间"的感觉。

一个在海东，云景以苍山为背景，与下关的繁华相得益彰。云的变化是很快的，时而"会作五般色，为祥覆紫宸"，时而"阴去为膏泽，晴来媚晓空"。

一个在双廊，云深连绵，一览无遗。这里纵贯苍洱，很容易出现电影镜头里拍摄的那些画面。似乎"云散天边落照和，关关春树鸟声多"，又宛如"缓逐烟波起，如妒柳绵飘"。

大理山水相依，陌上飞花，最享用慢生活。节奏不能急，步伐不可快，品是很贴切的一种举措。或许只有这个字，才对得起大理的美。与之相应，在大理话中极富特色的就一个闲字。"得闲来闲"（有空来玩的意思）这句口头禅，不知难倒了多少外地人。"闲云生叶不生根"，在光怪陆离的今天，可以在这逃离喧嚣，保持一颗闲心。以"众鸟高飞尽，孤云独去闲"之心，观"月下飞天镜，云生结海楼"之景。

走在环海廊道，吟着"晴晓初春日，高心望素云。彩光浮玉辇，紫气隐元君"的诗句，让人心情大好。而登上了苍山之巅，俯首山脊两段，又有点"南北各万里，有云心更闲"的味道。漫步在古城，那一番"伫立增远意，中峰见孤云"的情景，与天地共融。

大理是多愁善感的。心绪欢快的时候，我们尽看"白云升远岫，摇曳入晴空"；心绪不佳时，又可以与"日际愁阴生，天涯暮云碧"或者"可怜光彩一片玉，万里晴天何处来"对对话。寄情于"散作五般色，凝为一段愁"，沉湎在"万里无云如同我永恒的悲伤"里。

我喜欢一个人穿行在田间地头村巷里。由此而来的孤独感，让自己清醒，催自己奋发。一路上走着，陪在身边的往往是"南北东西似客身，远峰高鸟自为邻"的感慨，索性放下身段，随着"清风相引去更远，皎洁孤高奈尔何"的诗句远去。

洱海一直是网红的爱情圣地。飞云在海上空，当仁不让地充当了见证，扮起丘比特的角色。在风花雪月的加持之下，到海边溶夕光、抚浪欢，倾听细水风微的呢喃，尽情相思的浪漫。告诉她"被褾褙的乱云，是写在，信风上的书法，我犹存"，佯嗔"你一会儿看我，一会儿看云。我觉得你看我时很远，你看云时很近"，静待"他跪向你向昨日那朵美了整个下午的云"的时光。

"云灰灰的，再也洗不干净"，是件很不可能的事。大理山幽草翠，天空碧洗成蓝，爱情的色彩极为绚烂，正所谓"赖有风帘能扫荡，满山晴日照乾坤"。而"碧落从龙起，青山触石来"的画卷，让情思一直那么晴朗，在通透里旷达。

云朵总是洁白无瑕，或者红彤似火，"飘零尽日不归去，点破清光万里天"。不过，自己心头要是下起雨来，这云啊，也会跟着忧郁，"水底分明天上云，可怜形影似吾身"。它想多陪一陪，才会应应景，弄出点灰暗来相伴。

"有形不累物，无迹去随风"，或许正是大理云的特点。在高原上，云卷云舒都是一刹那的事。过往虽是云烟，但"静即等闲藏草木，动时顷刻遍乾坤"，早已长留心间。

"多谢好风吹起后，化为甘雨济田苗"，是对云的赞美；"深处卧来真隐逸，上头行去是神仙"，是对云的向往。不过，即便诗句美妙如斯，语言有时候还是无力的，难以说尽大理云彩飘摇的韵味。好在，话头上纵使些许的苍白，也不妨碍我去呼吸它的情趣，感受它的奇妙。

　　大理，我和云在一起。

九天流云

太阳开始西沉的时候，我坐上了从太原飞回昆明的航班。

这是我第一次到山西，要离开了，特意挑选个靠窗的位置，而且不在机翼附近。想不被遮挡地俯瞰三晋大地，看看太行吕梁，看看黄土高原，把孕育了中华文明的中原气度再品味一番。顺便也从空中与元好问道个别，就算没在汾河边寻得"问世间情为何物"的答案，此时感受一下"渺万里层云，千山暮雪"，也有不一般的意义吧。

以前乘飞机，起飞以后都是安静地坐着，看机身倾斜向上，一直钻进云雾里。厚厚的云层在窗外一拂而过，时不时无声地撞击机身，不停亲吻舷窗。总感觉这种问候与欢迎，不说心惊胆战吧，也让人有些不安。飞机颤抖着不停地嘶吼，每次我都是在飞机冲破了云端后，才舒出一口气，静享澄蓝之上遨游的时光。

这次的感觉有些不一样。也许是机组明白我的心思，特地多驻留一会儿，想帮我达成心愿，就在盆地山峦上空，变着法地绕圈盘旋。这样的飞行很是美妙，悠悠然爬往云霄，而非一溜烟地远去。徐徐而走，不急不弃。

机翼时而左，时而右地摇摆着，不停转弯升高。才俯瞰苍茫的大地，又仰望上方的高天云浪。机舱里忽明忽暗，好像真的可以感受飞机不忍离别之情，扶摇里一路的顾望。

今天的天气很好，在地面的时候我就看见薄薄的云层，团团飘忽，朵朵灿烂。离地之后，最先来到了低层的云中。晴朗，就不会像以往那样，似乎钻进了喷薄的火山灰里，没有滚滚翻腾，没有浓郁之感，也没有密不透风的压迫。宛如簇簇花絮，淡淡地飘香，引擎居然不再吃力喘气，轰鸣声是那么悦耳。

在远处，夕曛用橘色的光，把绵云打得透亮，可惜它已经照不到地面了。茫茫大地开始幽暗，蔼蔼地罩上了一层薄纱，房屋道路和山川都朦胧起来。只有曲折的汾河在光的反射之下，倒还明亮一些，甚至可以照映旁边的高速公路。从依稀的云间看去，清韵升腾，雾霭簇居，黄土高原已然开启了炊烟笼笼的黄昏模样。

轻薄的云雾并没有陪伴太久，飞机很快进到另一层云里，这时的眼界大不一样了。巍巍的高度上，云儿不再朵朵堆积，而是悄悄卷曲起来，厚薄不均，形态各异，错落地参差着。有的薄如丝丝绸缎；有的厚得像块巨石；有的抱团缠绵，妩媚招展；有的孤寂落寞，郁郁寡欢。不经意间，一枝硕大的羽毛懒懒地飘了过来。纹理很清晰，看上去蘸点墨水就可以写字啊，却被发泄似的丢在随意里，四周还浮着几乎像揉碎了的片片纸屑。看来云彩也有写作犯难的时候，什么时候可以与时俱进？

下
文
篇

用点电子工具，就不用把碎屑扔得满天空都是，让过往的飞机看有些气急败坏的笑话。

又过了一会儿，浮云似乎有序起来，像是自动在云路旁排列成队。这是欢迎我们的造访吗？也太隆重了吧，还是在准备一个不一样的时刻，难不成后面还有什么大人物等着？我看向远方，果然，尽头处隐隐约约漂浮着一座山寨。

山寨的规模很大，相比之下周围的云都像是陪衬的小蟹小虾。下面支撑的岩石不是很致密，仿佛还有丝丝的"水"在泻落。笔直的落差几乎有几百米之高，谁想爬上去确实有点难。这架势，颇具"一夫当关万夫莫开"的味道。崖的顶端似乎缥缈着一座厅堂，隐约还飘有几根旗杆，感觉像水泊梁山的聚义堂一样，只不过没看到"替天行道"这几个大字。倒也不奇怪，本来就在天上，还替它行什么道？

飞机缓缓地靠近了，就这么靠上去？我看还是悠着点吧。好似在太空与空间站的对接，这么精准地从容不迫，莫非我们还得来这里等候盘问检查？该不会云路里也有劫道的，必须留下点买路钱？不过，如果真有查岗，我倒希望出来的不是五大三粗的汉子，而是英姿飒爽的女当家，亦或一位婀娜多姿的压寨夫人也好。凶神恶煞如何配得上这如梦似幻的仙境，只有佳人倩影才能让人浮想美妙。

从顶上飞过的时刻来了，山寨慢慢地挪到了脚底下。威武的模样更加清晰，比起我平时爬山看到的那些悬崖峭壁，可是壮观多了。既然不会真的停下来，没有盘查的意思，飞机的轰鸣声是否会像地上那样震彻窗户？这或许可以引起云女的注意。我盼望着她走出来抬头瞅瞅，难说可以与机舱里的我目光对视，知晓自己的柔心向往，也算成就一番云中浪漫。

栩栩的山寨如同扼守天路的关隘，看来想上天也不是那么容易。好在通关之后，就置身在一幅更大的云景里。这规模不知其远，不知其深，只用眼睛看显然是不够的。南天门里的天宫也不过如此吧？或者这就是西天的世界。我感觉自己像阿凡达一样，骑着大鸟穿梭在各种景致里，只是速度没那么快，可以急速地绕来绕去。也好，这般悠悠，哪能够着急？各式各样的建筑，与印象中的宫殿群落有些熟悉，不一致的是，彼此挨得较远，而且漂浮的模样更具想象，在地面上是无论如何也造不出如此形态的。

它们都一动不动地安静着，没有丝毫的嘈杂，配上点缀其间的腾腾"烟雾"，这才像远离红尘的仙境。

飞机不急不慢地穿行，渐渐往上离开了宫群。云不再很有层次，也非团团朵朵，开始淡泊地飘散，如履如丝，成绸成缎。在微暗的碧空映衬之下，各安其位，各享其得，没有任何的匆忙，谁也不会急切地赶着变换。相比地面的忙碌，一幅空间感很大的景致，是真正的安逸。

再上一层，云层渐渐聚拢，宛如一层软软的棉花，仿佛落了一地的花瓣。我真想解开安全带，惬意地到上面走一走。对了，高空比较寒冷，这应该是雪后的景象，就像曹雪芹说的"白茫茫大地真干净"，更为贴切一些。

或许也可以捧起云花，捏成云团，打一场意气飞扬的云战。苏轼千年前就有过"卷起千堆雪"的描述，他莫不是神仙下凡？不然怎么可能如临云间，描述出眼前的景象？又怎可能有非常人所能及的飞扬文采？即便"乱石穿空，惊涛拍岸"的气势，或许哪天也能见到这样的场景。

阳光特别耀眼，特别纯净，特别金黄，时不时飘进来，把机舱几乎抚摸了一遍。洋溢绚烂的光芒，似乎想把轻松和欢笑带给每一位乘客。一位空姐恰好走过来巡视，轻盈地走到我座椅的前方，射入机舱的一柱橘光，正打在她背上。纤细的轮廓霎时间很是透亮，发髻稳稳地沐浴在目眩里。随着她的头偏转顾盼，与一位乘客对话，小巧的下巴映照得晶莹剔透，鼻梁上聚着明光。真不愿离开此情此景，在天上陪伴的不仅是空中云君，还有云中仙子。

云越来越多，缭绕着，缱绻着，慢慢铺成没边没际。堆积的力量向来不可轻视，有的就一股脑向上凸起，矗立成一座座高大的云山。峰头眼花缭乱，各自争奇争耸。间或几朵云飘到窗子前晃过，就像景区里扑上来的小贩，隔着玻璃急急地说着什么，应该是在努力推销这天上的奇光吧。

远处，云峰没有高原的山那么巍峨，不过延绵不绝，倒有点高原的模样。山中竟然还闪出了一个云湖，面积很大。由于距离太远，我看不到澄澄的湖水，相比周围雪白的峰群，湖面有些沉暗。这无比浩瀚在眼前，又像一个黑洞吸收着周围茫茫云海，不同之处，只不过没有旋转的痕迹罢了。

我们该不会是飞到西藏上空，来到玛旁雍错和冈仁波齐吧？那里一直是让人向往的圣地，滋养着离俗的心灵。眼下虽不可能真的到了那儿，但天上地上终于可以一个样，都那么纯洁，那么神圣。

到了现在，我才感觉如过往乘飞机一样开始翱翔。破土一般地爬上云巅，只可惜把虚幻抛在身后，踩在了脚下，整个身心不由得也收回到现实里。空姐开始忙碌地派发食物，机舱里不再平静，一些嘈杂的声音也起来了。只有最后的夕阳，把光打在一座座远近不同、高低错落的"山"顶上，拼命在云间岚霭里铺张，力图打造终的辉煌。那一抹金黄，极为明亮。

随着最后一丝光线隐去，天空暗了下来。远处已经出现星光，机翼下，云海还在伸向无边。现在应该已经飞出山西了，我望着舷窗外面，心里默默数了一下，大约有半个多小时，好像飞过了五层云路，落差算起来快万米了吧？高幕之下，居然可以惬意地面上不可能有，也不可能实现的浮想。细想起来，它同脚底下浑厚的华夏文化，倒很相映成趣。

低处的层云，到中高层积云，再到高空卷云，都以不同的方式亦幻亦真，似乎还在向自己召唤。我关上舷窗，沉沉地闭上眼，那就再转回云里，继续在缥缈之中返乡。

懂你

懂是一个神圣的字眼，懂你是我最大的幸福，我懂你是人世间最奇妙的事。

万物沧桑，能说出一个懂字，需要多少的探索与机缘。人海茫茫，说出了一个懂字，就因为遇见你、识你、知你、认可你。懂你，绝不是今生便可以的巧合，它一定是前世修下的注定。

两心相交，"我寄愁心与明月，随风直到夜郎西"，是李白对王昌龄被贬的安慰；"非君不见思，所悲思不见"，是谢朓对友人离别的伤感；"愿得一心人，白首不相离"，是卓文君对司马相如浪荡的规劝；"长教碧玉藏深处，总向红笺写自随"，是薛涛对元稹负情的回应。两心相交，懂是我藏在心底，胜却千言万语的情怀。

世上最大的悲哀，不是没有朋友，而是没有人懂你。世上最好的情缘，是我与你相见，而且知心。世上最温暖的记忆，是我们把网络中温馨的表情符号，具化在现实里的时光。

我懂你，所以在乎。害怕你受委屈，舍不得你难过；不愿你太苦，不想你太累，心疼你作践自己；想让你感觉安全，感觉温暖，觉得踏实，觉得充实。

我懂你，所以牵挂。天黑了，你有没有回家？下雨了，你有没有带伞？出门在外，你可安好？没有距离的陪伴，穿越距离的关怀。你即便不在身边，也在心间。

我懂你，所以体贴。多喝水少喝酒，多行走少开车；多微笑少生气，多开朗少忧伤。不厌其烦地叮叮，是绵绵不断为你着想，绵绵不断的嘘寒问暖。

我懂你，所以理解。俞伯牙的琴声，因钟子期而流芳；管仲的才能，有鲍叔牙才怒放。我没有那么高尚，也不需要什么高尚。与你为伴，是欢喜，是融洽，是眷念。为你扛，为你存着温暖。

我懂你，所以淡定。任凭你任性，任凭你肆意，任凭你疯狂；我分享你的喜悦，分担你的痛苦；成功了我为你自豪，受伤了我用体谅帮你恢复力量；当你觉得自己已经凋零而沮丧，我依然相信，是花就还会开放。就算你冲进瓷器店，砸坏了那么多东西，我也不心疼，因为我知道你此时此刻，只是心绪不佳的表象。

我懂你，无须多言。因为我用的不是语言，是心思；我用的不是唠叨，是默契；我用的不是吼叫，是眼神。只有对你的体谅，没有苛求；只有对你的担忧，没有心烦；只有对你的包容，没有责难。细雨润无声，微风扫轻尘，我用微笑涵养与你在一起的时光。

世界很大，我只想去一个地方，那就是你心里。读你的心情，知你的人生。陪你哭，陪你笑，陪你驰骋，陪你顾望。流泪的时候，你有一半的眼泪是我；孤寂的时候，黑色影子是你，四周始终伴随左右的白是我；失眠的时候，陪你难受的那只枕头是我。

懂是我肯定的目光，懂是我欣赏的口吻，懂是我支持的举动。你不用感激，不必回报，不需解释。我愿懂你，没有理由；我愿懂你，才能宽容；我愿懂你，不会计较。

我可能不完美，但我觉得自己真的懂你。懂你，是我化在骨髓里的柔情，是我·生的努力。因为懂你，我学会勇敢，不再矫情；因为懂你，我学会呵护，不再寂寞；因为懂你，我才是我，我就是我。

我珍惜懂你，也希望你珍惜我懂你。不是每颗心都会相通，不是每个人都能相遇。这是我们的缘分，也是我们的机会。

大湖

我又梦到了那座大湖。

水波淼淼，岸柳含烟。但在那个午后，阳光才是那里的主人，洒在每一个角落，追得人无所遁形。

我一直记得，一路上高高低低的软泥，随着阳光而蒸腾，靡润一股无所不在的微熏味道。暖暖的午后，小草、贝粒、石块，都惬意地躺在懒洋洋里，一点不理会有人过来的叨扰。湖边一排排杨柳已开始泛黄，金黄的落叶簇卷起来，铺出一条柔柔的林间小道。顺着它走在水和树之间，你的神情些许的忧郁，些许的落寞。

浪花似乎也感受到了什么，一个接一个使劲地冲过来，试图把气氛弄得欢快起来。那股劲，带动水草兴奋地扭曲身体，不停摆动浮沉。这个湖一直以浪漫为豪，想拥抱它的人，都惊艳和沉醉在浓情蜜意里。头上的天空、云彩，岸旁的公路、山峦、树木，都见不得伤感，拼命昭示旖旎的情怀，在举手投足之间，力所能及地骄傲着优雅。

连湖里的几只水鸭也扑腾着，急急划过水面，飞溅起一串串水花。喧哗声打破了宁静的湖色，迅疾又知趣地沉默下来。你若有所思地看着湖水，看着那片纯净的蔚蓝，长长的睫毛掠过水面。

"知道这水为什么那么清澈吗？"

"因为没有一点杂质。"

你摇了摇头，转过身来，"不，是方便你看到我的心"，紧接着补了一句，"一览无余"。几根似乎有些败了的柳枝垂下来，可能也被你精巧的面容打动，和着清风不住地拂你。你抬起手一边遮挡，一边定定地看着我。脸上一泓透亮，那么洁净，那么熟悉，我一直想把一生都溶在这冰清里。

我时常会想起那双眼睛。

远处有游船映着光，衬着对岸山色，在湖中间悠然驶过。这是一片网红的爱情圣地，船上或许就承载着许多浪漫。是的，许多的浪漫就应当在那儿兴奋着。

你看了看阳光下闪闪发亮的游船，停下脚步，蹲到湖边，脸颊靠着手臂，在湖水的倒映里出神了好长时间。我想起了理查德的《水边的阿狄丽娜》，这首钢琴曲给人一种难以磨灭的清新感，但它似乎不应该仅仅是音乐，也应该可以雕如一幅影像，就像眼前这样。

遐思之间，只见你把脖子上的玉坠取下来，轻轻放入水里。细浪在它上面微微荡漾。秋水的浸泡，理当片刻就会把玉染上一层清凉，潋滟中却依旧那么温润，那么无暇。

"你觉得它还是那个样子吗？"

我俯下身，手伸进水里接过玉坠。一股洁心的微寒，在暖日里沁着说不出的爽。"当然，谁也遮不住它的灵气，何况清水给它带来另外一种滋养。"

"涤过。'涤'字似乎很贴切，嗯，确实可以用这个优美的字。"浸了一会儿，我把玉捞出来，把滴着水珠的通灵重新戴在你的脖子上。玉坠交织的寒暖让人意乱情迷，我忍不住开了一句玩笑，"像不像是你用眼泪泡过？"

"如果是泪水泡出来，那我肯定伤心死了。"你低头看了它一眼，"是的，要是分开，我一定是伤心死的。"

浪花似乎也听到你的言语，随即停止了喧嚣。游船不会也难过吧？居然逃得没影了。斑驳的阳光轻轻摇曳起来，不忍地摇头，连风都只是微微地，大气也不出一口。

"晓风干，泪痕残。欲笺心事，独语斜阑，难！难！难！"你轻声吟着《钗头凤》，眼神黯淡得似乎比阳光还要快。湖水泛起来，仔细听你低低的声音，"唐婉也是在沈园里伤心死的"。

我有点后悔，试图宽慰一下："沈园虽然精致，但毕竟是人造的园林。江南水乡里的小家碧玉，很难让人排解。她要是来到这泱泱大湖，看看大自然造就的这种壮阔的柔美，难说不会那么瘀结。"

你却始终沉浸在自顾自话里："可惜陆游了，有'夜阑卧听风吹雨，铁马冰河入梦来'的气概，却没有把握幸福的勇气。白白用两个人的悲剧，成就后人的感慨，自己一辈子生活在愧疚之中。"

我们默默地走了一段时间，来到一棵高大的杨树前。你仰起头，手滑过粗糙纵裂的树皮，像是在抚摸，也像打气似的给了一种加持。青春的仙气，难说可以让枯了的树枝重新振作起来。橘色的围脖似乎也挺想帮忙，努力扬起来，绻围着你俩。光线都有点感动了，给了一个定格，把你们缠绕在一起的影子拖出好长。

我时常会想起水边那修长的倩影。

岸还在延伸，我俩的身影惊起一只又一只的水鸟。到底是打搅了它们，还是促使它们不再偷懒，高高飞翔？不远处环湖的路上，几辆骑行的自行车一晃而过。如果没有人，会是这些鸟多么安逸的时光。

水声像是叹了一口气，虽然它还想一如既往，但太阳有点挂不住了，渐渐开始西沉。湖边不再像刚才那么温暖，树荫下的清凉，也有了玉坠一样的微寒。

"你一会儿看我，一会儿看云。我觉得，你看我时很远，你看云时很近。"莫不是顾城也曾来过这里？竟然如此地贴切此情此景。

"这诗写得真好，但谢烨（顾城的妻子）是不是有点傻？她那么爱顾城，居然还同意英儿上岛来同居，最终葬送了自己的爱情，自己的生命。"

"爱有时候是自私的、排他的，有时候又是无私的。太为对方着想，可能会没有底线地满足对方。"听到这话，你满含复杂地又看了我一眼，低头向前走去。

"或许以为自己给不了顾城创作的灵感，就接受英儿也来成就顾城女儿国的梦想。"

一阵惋惜，一阵惆怅。前方忽然响起了一声口哨，不知想引起谁的注意？不合时宜地划破平静的湖面，能撩到什么？声音既刺耳又无聊，突兀还轻浮，惊得好不容易平复下来的心，又有点悸动。

"你说现在还会不会有像谢烨一样的女人？"

"不好说。"

"有的。情永远都会在的，一往情深永远不会过时"，你倔强地固执着。风先前不知跑哪去了，听到你的话语，忍不住拂起来附和，可惜只是在地上翻动了几片枯叶。

"也是。不过以前的年代是匮乏的，也不自由。做任何一件事都不容易，连活着都要有点奋不顾身的勇气，爱情自然也是奋不顾身的。这种渴望像是没有退路的凝聚。机缘和情感大都在一个小圈子里打转，似乎'过了这个村就没有这个店'的感觉，让人格外执着与珍惜。"

"但今天的选择余地太大了，几乎不需要一条道走到黑，换路可能比行走更常见。变化快，节奏快，生活都变得肤浅了。可以的选择太多，成本又不高，想法也就太多，有谁还一根筋？爱情如果也跟着肤浅，或许很难奋不顾身了，这恐怕是发展上带来的宿命。"

下
文
篇

你若有所思地点点头，但眼睛依然那么清澈。

"不管怎样，只要在一起"，坚定的话语还是那样熟悉。一个微凉的时分，一条静谧的小道，为什么我会不断地回忆？东升西落的太阳周而复始，花园里的花开了又谢，谢了又开，来来往往的人往往来来，在我的生命中，这句话时常都会响起。

欢快的阳光有些暗了，林子里真的有点寒。水面上一些浮萍，还在身不由己地随浪漂荡，时不时隐匿到夕光之中。一排排水杨，依旧对着岸边默然。金黄的秋叶，又开始在风中凌乱。岸，无声地曲折着，看不到尽头。

我又梦见了那座大湖，整个人都溺在明亮的湖水里。

"敬净静"与"今井境"

儒释道思想，经过上千年洗礼，已经深深渗入到每一个中国人的血液里。有人曾用"敬净静"三个同音字，给它们贴上了一道鲜明的标签。儒敬、佛净、道静，确实形象而精辟。

儒家之"敬"，反映对事情的基本态度。《康熙教子庭训格言》里有句话，"当无事时，敬以自持；而有事时，即敬之以应事物"。心中有敬，可以"心体湛然"，说得真好！影响中华文化的一个是孝字，一个是礼字，它们便是把"敬"立起来的基石。

释家之"净"，倡导修行。一旦自性清净，哪里都是净土。常言说觉悟了就能成佛，佛就是觉悟了的人，何为觉悟？我觉得指的是勘破。勘破了，才能放下，才有自在。

道家之"静"，不言而喻。老子轻轻一语，"清静为天下正"，我们受用至今，道尽在静中。我虽不是宗教人士，也一直在修自己。只要身体静下来，尤其是打坐的时候，往往感受到很多奇妙的变化。不在此刻此景里，是很难体察的。曾国藩喜慎独，叔本华爱独处，在我看来，独处不仅要慎独，更是要静处。

这三者都可以算一种哲学。说起来，哲学并没有想象的那么玄奥。那些梳理脉络的努力，试图把事情整出个道道来，就属于它的范畴。我想不难理解，为什么哲学会与宗教密不可分？两者都属于思想方面的考虑，都是在精神上的追求。

与古老的哲学思想相比，我们今天，在现代文明的加持之下打开了眼界。可惜在物欲横流里，不是更自在，而是更惘然。世界在眼中虽越来越清晰，但心中的疑惑也越来越多。从二十世纪初开始，我们就努力向西方学习，当时曾用如火如荼的新文化运动砸碎旧思想，"打倒孔家店"成了一个响亮的时髦。不过，知识要是消化不好，旧的倒了，新的思想体系又建立不起来，反而可能像邯郸学步。不但不如古人，还把自己弄乱了。

活着便有意义，这是最基本的一个道理，可从古至今，人们为什么还在反复谈论人生意义？本是件因人而异的事，因为太多人饱受困扰、变得迷茫，而有了意义。从根上说，人生都是哲学的人生，哲学只是人生的哲学。当我们知道为什么活着，就会明白该怎样活；知道怎样活着，就会有好的心态。心态好益做事，自然也轻松一些。

有朋友一直问我，"你的人生主张到底是什么？能不能简单说说？"我反复思忖，说出了三个字，今并境。

一、今

谁都知道，万事万物始终在运动和变化，秩序就是我们看待它们的一种认识。而发展总是受到内外各种干扰，各种因素斗来斗去，结果便是这种情形——事情之所以是这个样子，不是说它本来就该这个样子，只是恰好表现成这样。例如，每座山都有自己的形状，横峰侧岭，蜿蜒雄壮，但并非就得如此，而是刚好隆起成如此。

我始终以为，无序是对秩序最根本的描述。它不是指没有秩序，是说我们事前不可能绝对明了会是什么样的秩序。有序呢，也并非通常认为的那样，作为无序的对立面。恰恰相反，有序是无序的一个表现，说的是在我们看来，某种结果出现的可能性较大。举个简单的例子，性格是我们对各自行为特点的总结，但了解一个人的性格，是否就能确定他下一步的行为？答案当然是否定的，只能说相比其他选择，更有可能如此。虽有惯常的思想指导，不过我们的所作所为受彼时诸多因素影响，事前并不能绝对肯定。

红尘里的事，我们大都觉得是偶然中的必然，实际上，只是看似必然的偶然而已。

　　很多人都在关注运气问题，其实，能够生下来就是我们最大的幸运了。那么多精子追逐一个卵子，运气要差点，叫我们名字的便是另外一个人啦。生下来看似必然，可自己的出现纯属偶然。还要喋喋不休地抱怨生活吗？不要以为生活辜负了我们，即便运气比别人差点，但我们原本都是幸运儿。

　　遗憾的是，生下来便走向死亡。我们的存在只为了满足这一生欲望，因为欲望都源于自己的身心需求。它只要出现了，就是合理的，有需要才会产生，能不能实现、可不可以实现，那是另一回事。非要用先入为主的标准去甄别，徒增烦恼而已。

　　我一直说生活是应对我们不断涌出的各色欲望的过程。从这一角度来看，我们所做的一切就是为了体验。事情并不停留于结果，别想太好，别怕太糟，无论什么样的结果都会过去，体验才是我们活着的本质。

　　何必迷信所谓的灵魂不灭或存在另外的世界，我们应该珍惜，生命只在今朝。像一些宗教对前世来生的描述，也是想劝诫人们珍惜此生。我们都为了自身欲望而作为，这才有自我价值。而取向标准和实现程度，决定了价值究竟几何；当然，生命只是互相联系的个体集合，谁都难以独自而立，与外在联系的程度，也反映自己存在的意义。你看，我们都重视礼仪，可对自己用得着讲礼仪吗？做给外人看的才叫礼仪，它也由此成了体现我们的一个表征。

但意义多也好少也好，价值大也罢小也罢，重在今生，莫问来世。苦修——要是为了获得愉悦或激发身心潜能，值；要是一心为了来生幸福，傻！

二、井

把一部精密机器运转起来，需要各个零件彼此协调配合。生命运动天然带有一种目的性，是什么呢？让自身活动顺利进行下去。生命运动由此演变成了物质世界里，对抗无序变化的最高努力。以往只是单纯的被动，现在有了目的之主动。说意义，这才是生命存在的最高意义。但目的性都是从自身出发，自私自然而然地成为生命存在和发展的先决条件。我们总是从自身出发来考虑事情，这很正常，也是一种必然。那些脱离了主体的道德标高与宽泛，并无多少实际意义。

没有私心，那都不叫生命。我们提倡换位思考，只是照顾周围的一种愿望罢了。你不是别人，不可能有他的思考，最多能尝试接近或模拟一下。自己的视野和欲望，总是受所在层次局限。无论哪个生命，都只能处在一个具体层次，只能从一个视角出发。就算尝试理解别人，最终也是为了凸显自己。

自私必然导致坐井观天。我们永远都在这样一个"井"里，永远只看得到头顶上的那片天。

什么事情，都是我们在思想上的一种投射。事由心生，每个人均以自己对它的看法来行事。而我们之所以形成看法，得靠比较才行。比较是内心活动的主要方式，看看人们整天在说的心态，它便是比较出来的产物。我说我们生下来都是幸运儿，在与成千上万精子的竞争中取得了胜利。事实虽如此，但为什么生活中谁也不感受这一点？谁也不以此为豪？因为没法比较。那些失败了的精子不可能再来，没有对比，我们也就没感觉了，只会专注于对现实的较量之中。

破"井"，我就指摆脱当前层次的困扰，说形象一点，就是突破在比较之时束缚自己的心魔或者心障。少受些固有的拘束，我们比较出来的结果可能更实在。如今的社会，身自由靠财，心自由靠悟。

三、境

境指的是区域和范围，既然有比较，那怎么比较呢？心境决定了我们的眼界和高度。所有的烦恼，源自摆脱不了的现实冲突。处在什么层次，就有什么样的烦恼。

我们从宏观角度看，人类实在微不足道。老天要弄我们，就像踩死只蚂蚁，不要以为争取和挣扎，就能改变命运；而从微观层面看，连这副皮囊都是虚空的，存在也是过往云烟。一切价值和意义，都是我们想象出来的，最多记载在书里。

哪天书要是不存在了，青史流芳又有何用？成就感只满足了虚荣心。别过多讲什么发展贡献、历史作用，历史一旦消失在历史长河里，再伟大，再天才都是白搭。人们很关注史前文明，不过，就算留有印迹和符号，要是一点关联也没有，谁也看不懂，这与不存在有何区别？最多有点我们想出来的警示作用。

我不是谈消极思想，只是想说个明摆着的道理——事情是什么样子固然重要，但我们怎样去看更重要。

事情其实都没什么，我们如何待之，就会如何处理。看问题是否全面还不是关键，站得越高，烦恼越少，也可能越游刃有余，毕竟让自己回旋余地和可做选择都多了。所以修行不仅仅是提高自身层次，也为了减少烦恼的纠结与折磨。

生命实在太匆匆，"若白驹之过隙，忽然而已"（庄子语）。它所有的课题，不都是为了如何活下去？我们绞尽脑汁的种种作为，初衷无论高尚还是自私，说是一场空有点太悲观，雁过还会留影留声，但最终都化成了一缕轻烟。在袅袅的轻烟里，缥缈着对我们努力的一丝嘲讽，隐隐透出两个字：折腾！

生命运动再眼花缭乱，也永久不了，这其实就只是一种折腾；有了思想，那更是会折腾；人生，说穿了，自我折腾而已。如果诚然如是，不想瞎折腾的话，还是这三句话管用——活在当下，破"井"修心，境高自在。

它们便是我眼中的"今井境"。

十戒十悟

老子说"道生一，一生二，二生三，三生万物"，但又说"道可道，非常道"。千百年来他的思想一直闪耀炫目的光芒，让我们始终拜服在深邃里。我把其中的一些理解化为具体，宇宙之源、生命之谜、变化之道，或许就是占据我们心头三个最根本的问题。

《随波逐源》一书浓缩了我对世界，对生命，对人生的思考，但我并不想纯粹为回答而回答，期冀的是以探寻反哺生活，指导人生。好在，确也有一点体会与领悟。

一、十戒

1. 不愿多想一点

走一步看三步，我是操控生活的棋手；走一步算一步，我只是颗生活的棋子。动脑筋不就是掉几根头发吗？做事不有心，白让我长心。

2. 伤害他人

如果没有害人之心，何须总有防人之意？谁也不是为了与外界为敌而生。所谓冲突和矛盾，多是所处位置与角度不同的结果。

3. 太过张扬

老抬着下巴，舒服自己不舒服别人。命运看不下去了，可能都会来嘲弄一番，更何况他人。站在山顶能衬托我的威仪，踩上别人的肩头也可以看得远，但趴在他人的肩头显摆，绝不会增加我的高度，只让人看出自己的心虚和无能。

4. 老是抱怨

会哭就能有糖吃？它只会给需要的人。老说生活不公，可它或许都不知道我是谁。抱怨只是抱怨自己，起不了什么作用。

5. 嘴太碎

如果扰乱别人，给生活添堵，我只不过它制造的一堆垃圾。

6. 自作多情

别人并不影响我，我也影响不了太多人。自作多情，惹得自己像是有多大责任和担当似的。

7. 自以为是

苦痛，回过头看时可能还疼，但不再是最初的感受，到了现在甚至已经不是什么事。没人欠我，我老想着痛苦只是作践自己，自以为是其实什么都不是。

8. 总想证明自己

我感觉痛心疾首的那些糗事，别人其实并未在意；我以为洋洋得意的所获，别人可能并不在乎。我活在自己的圈子里，却不一定在别人的世界里。

9. 找借口

面子往往把简单的道理搞复杂了，而事情复杂的表现，又可能被自己用种种借口，粗暴地简单化了。

10. 贪图安逸

《我的团长我的团》这部电影里有句台词，"死都不怕，就怕不安逸，命都不要，就要安逸"。我们追求舒适，却死于安逸。

二、十悟

1. 用俯瞰的眼光看事情

从山脚仰望，永远搞不清山的面目，到山顶才能一览无余。仰视只会神秘，俯瞰方可豁然。

2. 做人不用解释

事情可以解释，而做人越解释越说不清楚。我们没那么重要，别人非得来理解不可。

3. 耐守寂寞

人是群居的动物，不怕热闹只怕空虚。忍受不了孤独，就拼命弄得自己很忙。守静方可学习进步，独处才能抱朴含真。忙于喧嚣、疲于应付，只能碌碌，还会无为。

4. 把握轻松之感

美是拿捏舒适和谐的感受，有艺术感就对路。一旦感觉到美，就不会觉得吃力。做事的时候自觉轻松，效果往往最好。

5. 闲是暂时的缓冲与停留

我们可以休闲生活，却没有"闲"工夫。武功唯快不破，在生活节奏越来越快的时候，如果对自己的调整比外在变化更快，当然"游刃有余"。

6. 追求年轻就是保持活力，活力要有求新求变的敏感

害怕改变、难以适应，是衰老的标志。我们遵循的习惯越多，活力越是江河日下。创新不仅在于找到新东西，更需要保持对未知的兴奋和敏感。

7. 多自省

生活都是往前走，它并不缺航行的动力，可是航线会跑偏。只有随时反思和内省，才能不断加以修正。

8. 用平常心，做平常事，但视野不要局限在眼皮之下

不能放眼去关怀，这一辈子过的只是蝼蚁般小我人生，精神上可能从没有走出过家门半步。

9. 活的是心情

事情本身怎样固然重要，但看它是怎样更重要。我们在路上走的不是路，走的是心情，活的同样是心情。

10. 有幸运就会有不幸，就看自己摊到的是什么。没有数不尽的悲欢离合，我们只是一堆从流水线下来的机器人

生活是个不断探清底线的过程，体验是生活的本质。当时那样的情况都过来了，眼前这点麻烦还会在乎？战胜不了敌人，就去拥抱它；摆脱不了烦事，就去欣赏它。换个角度，换种心情。

膜拜思考

我一直记得帕斯卡尔说的一句话："人是一支会思考的芦苇。"如果说生命活动精妙，思考就是妙不可言；如果说意识有灵性，思考就是灵性的灵魂；如果说我们有幸活了这辈子，思考就是让自己有幸说出这句话。

不会思考的人，他的生活只是感官上的。欢怡是肤浅的，满足是肤浅的，就连痛苦可能也是肤浅的。不会思考的人，他的人生都是应付式的。学习是应付的，工作是应付的，即便日常起居、生活琐事也是应付的。匆忙应付，或不得不应付。

做事一旦成了应付，如同驾驶时在后面跟车一样，虽不用多思考，最终也没了主动权，丧失了积极性。疲于奔波，得过且过，看不到甚至也不愿看未来，其实活得才累。

善思不易。许多人琢磨一生，想了一辈子，可能还是难以精于此道。我们一直在思考人生到底有什么意义？却总也想不出最终的答案。

多思不难。思考不用教，天生就会。想通了，关于人生意义的问题，本来就没有多少意义。

思考是一束光，刺破眼前的黑暗；思考是一把剑，劈开拦路的荆棘；思考宛如一首婉转的歌，静寂之中引吭美妙。思考也是看得见、摸不着的白云，装点生活的蓝天，勾勒出人世美好。

事前先想想，我们可以避免见子打子，手忙脚乱。做的时候再想想，就有希望摸到门道，并及时做出选择与调整。事后还想想，可以知大势，得经验，晓心态。

托尔斯泰说："幸福的家庭都是相似的，不幸的家庭却各有各的不幸。"我们靠欲望活着，带来幸福的欲望在人性里大抵相同。谁都希望过自己想要的生活，欲望使然嘛。但"想要"只能，也只会是理想，能实现的是目标，不容易实现的才成了理想。最有可能的生活，是真正适合自己的，"真正"是属于各自的。每个人都不同，我们只有找到从自身出发的最大公约数，人生才没有虚度。把最有可能的可能实现了，就没白思考，因为它与现实贴得最紧。

思考一旦成了习惯，生活就变成了俯视之下的具体，看得透、心里亮。我在冥冥中，好像知道了宇宙是怎么回事，似乎明白了生命是什么。忽晓而悟，自己到底该怎样活。种种烦恼和忧愁，不再执拗，不用排遣，都消散于无形。

一缕阳光温暖满身。站得高，就早一点拥抱太阳。思考让我快乐，让我清醒。朋友，你呢？

下
文篇

悟心礼赞

人的成长历程中，第一步是模仿。这是学习的开始，打婴儿起就这样。模仿和学习，就像我们左右两支拐杖。没有它们的帮助，想要站起来，并走出去，是根本不可能的事。

思考——不论有意或无意——是模仿、学习以及独立自主，最终能够取得成效的保证。它并不是单纯为了"思"和"想"，也不仅仅是拿到结论，更为重要的是从中悟到了什么。否则的话，我们再绞尽脑汁，即便冥思苦想，最终也只能得到些机械与僵化的产物。没有领悟的思考，毫无意义。

生活体验了，才知酸甜苦；道理体会了，才最为深刻。领悟的深浅，决定了我们人生空间的大小。金银只是身外财，悟心方是随身宝。

生疏与熟练的差别、名家与普通的不同，就看各自领悟的差距。或可说，或不可说，这样的细细体会，一种霎时的透亮，旁人不容易明白。不是自己亲身感受，最多只能"叹"为观止。

反复训练是专业的基础，真正的脱颖而出，有赖于悟的成效。要不然我们付出再多努力，可能惟妙惟肖，也可能熟能生巧，却不会有妙不可言的灵性，不可能走入完美至臻的境界。也许可以成为一名专家，但成不了大家。

悟，有时只是不太在意的心头一动，有时却是无法自已的冲动；也许只激起内心一道涟漪，也许整个人都受到巨大震动；有的好似清风拂面，有的又如当头棒喝。

思考可能快乐，也可能痛苦，还可能无奈，而悟一旦从心底冒出来，感觉到的只有轻松与欢怡。那种兴奋和敏感，如蜻蜓忽然涌立荷头。它不经意的显现，让整个思绪、整个人都在飞跃。这样的感觉是其他行为很难企及的。

做事，我们相信贵在持之以恒，但坚持并非只靠忍耐。大禹治水，在疏不在堵，毅力有时候也是一种伤害。强化心理暗示的力量，留心过程中的点滴进展，品味和体会其中的变化，发现哪怕只是一小点的成效，涌出哪怕一丝的新感受，就容易获得兴致与信心。

如闪电忽地划破长空，又似水波里跃起了浪花，笋尖从地里破土而出。悟飘然而至，总是那么临时，那么突然。不奇怪，闪电都是脉冲式的，零散与支离破碎。可珍珠只有串成了精美项链，才会光彩夺目。零敲碎打的领悟，同样需要整理。如同运行磁盘的碎片程序，没有这样的工序，我们悟到的，只是一堆散乱的原材料。沉淀不下来，难堪大任，轻飘飘宛若浮云，转眼随风而逝。

再长的江河，最初只是一泓不起眼的汩汩。一块砖没有多大用处，一块块堆起来砌成墙，却能遮风挡雨。我们的进步是用点点滴滴的觉悟累积起来，那可不是仅凭学习与模仿，光靠干和想便能实现的。

没有领悟，无论怎样努力，可能也无法超凡脱俗。而没有它的持续喷薄，我们更不大可能活出精彩。

自序之光

　　日子真是不禁过。想想以前那些时光，就算再久再长，现在来看都是昨天一眨眼的工夫而已。这一生啊，并非什么漫长岁月。古人说，"五十而知天命"，我今年也到了五十，感觉自己现在的样子，自己这一辈子，似乎冥冥之中早就注定了。

　　曾有过很多的机会与选择，也犯过很多的错。五十年来发生了那么多情况，只要当时做了或不做，哪怕一件"早知如此，何必当初"的事，自己恐怕就不会是今天这样。也许更好，也许更糟，谁知道呢？

　　要是做了，会做成怎样？如果不做，又丧失了什么，避免了什么？可能得到什么，或错过什么？既然没发生，一切都无法估计。最终，自己偏偏成了眼前这般模样。做了该做的事，也做了不该做的事；没做该做的事，也没做不该做的事。做，造就了现在的自己，而后悔让我总在想象另外一个自己。后悔谁都有，无论做或是不做，总有后悔的时候，问题是后悔有什么用？

　　注定，或许只能用这个词来排解了。但我们知道，事情发展变化，自有属于它的秩序。没有秩序的话，就乱套了，意味的只有混乱或混沌，哪来世间这万般景象？所以有了秩序，才可能"注定"。

不过我一直说，秩序可不仅仅指有序，它的本质其实是无序。我希望不要套用寻常的概念来理解。无序是指事情的面目，只有在出现以后才能知晓，事前无法掌握和肯定。有序只是无序中的一种，说明对结果的预测，我们有较大把握。也就是说，不管怎样演变，事情最终就是出现的那样。我们从自身角度，为了便于认知，用经验和知识区分出无序和有序。可"那样"是什么样子呢？我用自序性来作答。

自序性，顾名思义，是事情最终的表现，就像自我排序出来一般。经过一番梳理和打扮，不知道被谁精心、不得不或稀里糊涂地，挑选成目前的模样。在它面前，我们只能面对，无法改变，只好说"注定"了，这也就成了我对自己这五十年的解释。现在的我注定这样，但并非必然这样，或者就该是这样。

总结为一句话就是，事情之所以是这个样子，只是恰好成了这个样子。例如，历史是对既成事实的记载，它其实不一定非得这般，仅仅是自序性让历史恰恰如此。人们回首往事而产生的说法，把如今的结果看成一种必然，只是为了求得心安或引以为戒。毕竟事情确实这样了，但谁敢对未来下结论？那些信誓旦旦和言之凿凿，只是胡扯或胡诌而已。

再说个山脉隆起的例子。造山是地壳运动的结果，山形由内外因素共同造就。这些因素太多了，地球旋转、地下碰撞、风雷雨电、暗热暗流等等，甚至各种生命的作用，所以山的形状是不可逆的。这座山就是这样子，假如可以重新隆起，便不再是原来的山。

事情尽管存在多种可能性，自序性只会从中挑选一个。它以现有的面貌出现，让我们庆幸、懊悔，甚至去假如，就是不能更改。

一场战斗打响了，总会有人倒在冲锋的路上。是谁呢？冲在前面的？还是夹在中间的？或是跟在后面的？概率虽不同，却没人知道。枪声响起来，答案也就浮出水面。自序性的力量，不是我们祈祷或采取保护措施，便能够避免的。

人为的事情，很多是我们刻意地重复。虽然先设了条件，对于结果把握确实很大，但最终同样被自序性左右。即使有百分之九十九的胜算，也没有百分之百的事。绝对化是我们在认知上的盲目。

规律性是自序性的一种表现，只不过它可以被掌握，才被我们单独认识，甚至以为是一切的根本。实际上，它充其量是符合我们预期，或是概率较高罢了。眼前的这个世界，其发展的秩序，无序对应自序性，规律性说明有序。

变化是无序的，这也与热力学第二定律相吻合。所以这就有了我们的作为，力图使事情按照自己的意志前行。不知道结果，才会努力追求结果。目的性和自主性所造就的生命运动，就是生命为了克服自序性，做出的精彩努力。

如果我们相信人命天定，逆来顺受的话，那还奋斗什么？可是人生"如逆水行舟，不进则退"，不奋斗又怎么会有今天的局面？进一步说，奋斗了就一定是当前的模样吗？别太沉迷于心灵鸡汤的鼓动，连平时我们挂在嘴边的缘分与命，也只不过事后诸葛亮的解释，只是为了把解释说圆满，让人心安。

我们对前途可以想象，可以预测，甚至采取措施去预防，就是没办法在它到来之前，便加以确定。努力，是让前景尽可能与希望一致，但不是说只要努力，就一定能成。未来，受到的影响太多了，方方面面的因素，有直接的、间接的，还有几经转手施加的，程度不同，效果不同。无法穷尽，就无法绝对。就比如抡起膀子将石子扔向远处，在扔出之前，成功与否无人可以断定，因为这个过程，有很多因素影响结果：胳膊受伤、远处出现行人，甚至地震、闪电。虽说发生这些的概率小了些，但也未必不可能。

有的人因为把事做成了，便信心满满，自认为就该是成功的人。还真的，别太自以为是。什么是使命？只不过恰好把事做成了而已。"谋事在人，成事在天"，自序性说，这是必然的结果，也是我们最应该有的心态。

生命命门

说起物质运动，林林总总，让人眼花缭乱。但没有哪种样式能够同生命活动相提并论。再没有什么，比之更为精妙、更为神奇了。普通的物质运动基本上都是被动的，也是被迫的，唯有生命孕育出自发，拥有了主动。

所谓被动，无一例外得借助外在，需要有推动它的外部力量。无论刮风下雨还是山崩地裂，不管星际周旋或是铁锈氧化，均是如此。言下之意，究竟会发生怎样的结果，并不完全取决于自己，还看所处环境的眼色。

而生命，之所以被称为"物质皇冠上的明珠"，就在于生命运动巨大的飞跃与提升。这几乎可以说是一种根本性变化，因为不需要外来因素的驱使。自发，字面意思不难理解，运动靠自己捣鼓出来，新陈代谢不就是自发性的一个绝佳例证？自主则更进一步，达到了自发运动的最高境界，可以按照自身需求决定自己的活动。

我不是说外在环境就不重要了，恰恰相反，身体内外两个环境变化，都"要挟"着生命的生死。粗略地说，自发多是内在的事，自主多与外在有关，在这里，我不讨论生命运作该怎样与外部条件相配（另文论述），而看看我们体内，决定自发运动的内部环境。

有一次我去乡村做客，有幸在杀猪的时候打了一回下手。剖开猪的躯体，取出内脏时就觉着一股温热，在深处还有点烫的感觉。与物质演变一样，生命也得运转于一定的温度环境里，各种组织与器官，都是这样黏糊糊地泡在体液之中。

我们知道，体内大部分构成是水。为什么是水？它提供了温度环境的承载空间，可以传导温度的变化。试想，身体要是像沙漠一般，器官周围都是沙子之类，而不是体液，我们还能活吗？

猪体内的温度，毫无疑问高于我体表的手指温度，不然我不会有热和烫的感觉。当然，这并非是说猪的温度比我高，一般生命体的体内温度，都高于体表温度。我体内温度，应该也高于手指的温度。可以这样说，越高级的生命形式，体内温度越高，以适应更加复杂的生理和心理活动。

在一定意义上讲，进化就表现为体内温度逐渐升高的过程。恒温动物，便是自然界里温度最高的生命形式。它最能适应外在环境变化，拥有最复杂的生命活动。人类是其中最典型的代表。

因此，体内温度高低，乃是生命活动复杂与否、有效与否的命门。我们从小到大再到老的成长，就是一个体内温度由升到降，不可逆的过程。

"小孩体内三把火"，就如蒸汽火车锅炉里的烈火熊熊，身体才得以迅速发育；壮年的时候，"壮"说明内温最成熟。也就是说，青少年时期升温最快，壮年时温度最高；进入老年，温度降低导致身体功能趋缓。降到了一定程度，已无法保证生命活动有效运行，便是阎王爷叫小鬼来了。没办法，只有在相对高的温度里，身体细胞、组织和器官才会施展较高功能。

这一点，对指导生活也许极有意义。如今物质水平提高了，养生自然流行起来。谁都希望活得更好一点、更久一些，养生的方法五花八门，各有各的高招，在人与人的交流之间，这也是最热门的话题。只可惜，很多人都是人云亦云。不了解养生实质，依葫芦画瓢，不考虑自身实际，只会东施效颦，甚至邯郸学步。从根本上讲，养生就是尽一切努力，阻止体内温度降低或让其趋慢一点。这样，可以尽可能地保持身体功能，至少减缓下降。

总结来说，我把养生转化为三个方面：一是锻炼，不仅能促进身体功能，而且可以产生热量，维护身体运行；二是营养，能够提供热量，在养护器官功能的同时，同样保持较高的温度环境；三是思想修养，增强对身体的有效指挥，可以提升温度，加强生命运动。

前两者不多讲，锻炼与营养最重要的是符合自身实际，而不是外在的说教。最好的医生是我们自己，使自己感觉好就是适宜的方法。在这儿我主要说说思想活动。在内心剧烈波动时，我们可以测一测，温度肯定与平时有所不同。情绪激动的时候，加快体内运动，虽然有利温度变化，但脆弱部位不一定承受得了（如有心脏病造成心脏局部阻塞变形），容易引发问题。

长期处在负面情绪影响下，身体为什么会变虚变差，乃至死亡？一些失意的人，没过几年，便听到他们去世的消息。生活环境或许有些变化，但绝非没吃没喝了。原因很大程度上，是自己负面情绪不经意间导致的。感觉难受、痛苦、郁郁寡欢、无法排解，振作不起来，让身体温度比正常情况下降得更快了。

思想活动，是主观上实现保暖的有效手段。像晒太阳，让阳光作用于身体而感觉温暖；在没有阳光的时候，专注地想象太阳照在身上，同样也能感受一点温暖。因而，我们不要只重视身体或生理上的锻炼，思想锻炼（即锤炼与修炼）更不能忽视。

针灸和按摩，是用刺激、挤压的方式，借外力促进体内温度提升；催眠、冥想，依靠的则是自身力量，不仅产生体热运转周身，也用思维活动提高温度。意识趋于平缓，可意念犹在，而且它对体内变化的关注更敏感、更有效。

自己如果实在无法用意念催生内热，借助身外一些器物，以挤、压、搓、刺等方式，也可以像针灸一样激发温暖之气。它们与锻炼有异曲同工之妙，只不过，不容易拿捏，可能带来身体损害。思维训练如同喝中药，全面调理，副作用小；依靠外在的帮助像是吃西药，方便来得快，可伤害也多。

身体在运行中都会出现故障。生病了我们去治疗，但尽量不要过多伤及身体的自愈功能。把生命存续下来的各种自然能力，是在漫长的演化中形成。漫长，意味着好的变化可以被继承下来，坏的影响也有足够的时间被逐步消除。而人为作用往往急功近利，力图在短时间内就有效，副作用当然小不了。

养生可以多借鉴中医的观念，像相生相克的辩证思想，就很符合平衡变化的规律。补，无论是温补还是大补，都能促进温度提升。有人说不对吧，燥不是也不好吗？是的，本来提升温度是好事，但燥说明温度上升太快，像情绪巨变一样，身体其他部位不一定承受得了。前面说过，那些薄弱、敏感、易受干扰和影响的部位容易先崩。

当然，养生不是治病。治疗，主要还是依靠西医手段。在现代科技的加持之下，它的针对性更强。我们可以从宏观上养生，到微观里治疗。这不难理解，养生有全局观最好，而治疗时把病灶涉及的范围，限制得越小，损害越少。

所以，生活中对自身最有效的行动，一定是有利于体内温度环境的作为。我们想健康、想长寿，那就努力维护身体温度吧。

下

文篇

把握轻松

什么样的身体状况最好？可能每个人的体会不太一致，看法也有差异。归根到底，或许应聚焦到一点上，即自己感觉不到它的时候。

耳、牙、胃、腿等身体的任何一部分，我们要是不再像往常一样"视若无睹"，而持续地让自己关注到，不管什么原因所致，很可能出问题了。被关注不一定是好事，舒服和自在的话，它们应当像"不存在"。无论疼痒乏累，还是饥饱渴困，一旦有这样的感觉跳出来，就是身体发出了警示。

什么样的心情最棒？就是在没有留意它的时候。如果出现大悲大喜、煎熬折磨或是愤怒狂喜，说明自己心绪不平静，内心不安宁。这时，我们只会有强烈的感觉，不会有极佳的感受。

生理上感觉不到，心理上没有留意，当为两个最好的指标，说明身心处在了一种轻松的状态，自然就是身子骨最舒服的时刻。轻松，这是我们每个人都可以体会与掌控的感受和尺度。

什么样的游泳姿势最对？不一定非得用教材或听教练指点，不必看图索骥。自己找感觉，如果觉得游着轻松，姿势自然正确。做事的方法很多，性格不同的人，行事风格不一样，采取的方法也不一样；环境和时机不同，同一人的选择也不一样。我们都想知道正确的方法是什么，但不到结果浮现，谁知道它是不是对的办法。不过，如果在其中感觉轻松、拿捏轻松，这种方法或许就是可取的。

意识控制自发运动，思维指挥自主运动，思维活动是最高级的意识活动。我把它分成两个层级，第一层感觉，第二层思考。我们每个人，都是通过感觉来接受刺激，在思考指挥下做出反应。说起来，感觉好就可能使思考顺畅，让行为正确。而怎样才是好的感觉？参数很多，轻松绝对占据重要位置。检验生命活力、生命效率，轻松是一个极好的标准。它不同于外在的那些说教，而是取决于自己心中内在的评判。

什么样的生活我们感觉最惬意？不是说只有满意了才觉得惬意，我们总结了很多指标来衡量这一问题，它们肯定都有轻松这个共同点。安享，不一定非大富大贵不可，不一定要事事如意才行，这些只是外在情形。鞋子夹不夹脚只有自己知道，外来标准得转化为内在认可，内心才是最有意义的那杆秤。满意不一定会感到轻松，轻松大多会觉得满意，因为轻松是我们最舒服的感觉。

做事觉得举重若轻，这样的轻松说明游刃有余；举轻若重，除了表明态度重视以外，也是力不从心的表现。要么不适合自己，要么没找到好方法。

感情的基础是相互吸引，相处时很轻松，那是持续下去的保证。两个人交往，不是说相敬如宾最好，吵闹就一定让人挠心，得适合才长久。锅都有最贴合的那只锅盖，每种性格也都有相配的类型，至于能不能找到，那是另外一回事。在实际操作中，适合就是交往的时候感觉轻松。没有太多包袱，是最自然的状态。没有装，没有掩，没有顾虑，轻松了才会惬意，才可能和谐。活得很累，相处很累，除非另有所图，否则绝不可能持续。

人上一百形形色色，每个人都有自己的人生模式和生活轨迹。尽管社会倡导和舆论对多数人影响至深，但这也确实可以做为主流的衡量标准，我们个人往往在有意无意之间被其左右。但所谓进步，就是个体的展现与绽放，因为束缚少了，可以选择的多了。不管自己的路是否与他人雷同，不管是否与他人的想法契合，我们找到符合自身实际的那条路，能走自己想走的那条，这样的人生才不是白过，就没有虚度。星空之所以璀璨，是因为不仅有太阳和月亮的光辉，也靠群星闪亮，我们每一个人五彩斑斓，才有社会大花园的满园春色。对个体来说，闪不闪光最终的标准，也是看是否适合自己，是自己的意愿，而不是只被社会上其他人的看法支配。适合自己的路，应当是自我感觉最轻松的那一条。

在艺术的追求与表现上，也是如此。创作时轻松，就是最好的感觉；觉得费力，往往都不会是满意的。感觉不在的时候，不要勉强而为。生拉硬拽出来的作品，最终多被抛弃。很多人都有过"第六感"直觉的例子，它的显现也往往在感觉轻松的情形之下。我不相信吃力的时候，会有什么异乎寻常的直觉产生，能有异乎寻常的效果。

谁都有自己的生活目标。能不能实现固然重要，不过，我们在追逐它们的过程之中，寻得轻松、感受轻松，恐怕才是最应该、最可取的。只要愿意，轻松在所有的目标中最有可能实现，因为这样的内在感受，不靠那些自身左右不了的外在因素，而是取决于自己怎么想怎么做。

希望我们，都轻松地做事，能轻松地活着。

大爱无疆

生命，一堆群居性的生物而已。即便老虎、刺猬等所谓的独居动物，也仅仅是说生活方式与习性不喜人多。大千世界，任谁都无法独自的生存与延续。我们注定要抱团取暖、携手相依，才可能活下去。

生命深深地依恋周围环境——我们身处的情形造就了自己的生命形态；而且，生命方式也跟随环境的变化而改变。自发和自主，都取之于斯，成之于斯，行之于斯。所有的生命对环境都太敏感了，一旦不能适应，就被咔嚓啦。

抱团和依恋，是上天赐给生命保存自己的最好方式，它们应该成为最根本的一种相处准则。这基准可重要了，决定了我们看待身外环境的态度。人类到底会以什么样的姿态对待自身、应付外在？不仅影响其他生命，还决定着自己能不能活、怎样活。

别以为我们依靠技术手段就可以有恃无恐，可以改变生命的本质。有了技术的强大，似乎就能够改造环境，让人活得更好，其实这只是一个表象罢了。处理事情，态度比手段更重要。

飞鸟走兽、姹紫嫣红，其实与人一样幸运，大家都在世上出现了，共同装点自然的美好。但生存与否取决于自然选择与自身努力，而非人类的利益和好恶。我们的保护其实与杀戮一样，也是对自然规律的冒犯。别太想当然，打着善念的幌子，做些自以为聪明的举动，干涉那些普通生命的兴衰。

如果丧失了生命活力，抢救和保护都是徒劳，消亡本也符合自然规律。只有那些人为导致的濒危，才是痛彻心扉的，需要我们改弦易辙。好心办的不一定都是好事，若太想弥补，矫枉却有可能过正。何况很多保护行为，更多的只是想炫耀自己。

无论对内对外，因为一种能力，生命才有一种幸运，那就是爱。

很多时候，我们只将发自真心的爱看成珍惜和爱护，或感激和尊重，总以为情感上的无限眷顾才配得上这般柔情欲出。它更可以是无私的给予、责任的担当，还可以是关注与帮助、宽容与理解，甚至是忍让割舍这样的牺牲精神。

自爱是对自身的爱。连自己都不爱，何来爱其他？亲情和友情很好地诠释了我们该怎样"报团取暖"。情爱是繁衍的保证，也是做事的动力。亲情是离不开，爱情是舍不得。它们都属于小爱的范畴，如果把小爱仅作狭义上理解，只是属于自身的情感温暖。

大爱就不同了。这是一种惺惺相惜，无私欲的人生态度。它占据着人性的巅峰，让我们高山仰止。

生命本都自私，每个人都是从自身出发看问题，也都是用与自身的关系处理问题。小爱可能很多生命都具备；大爱目前唯有人类做得到，它超越了生命的自私本质。拥有这样的能力，才能调和出与自身内外环境相处的最好态度。

不仅可以"执子之手，与子偕老"，还能够"怜蛾不点灯，为鼠常留饭"。人类自我的追求与提高，或许都可以归结到一点上，把内心不同的小爱，越来越多地转变为大爱。什么是进步？看我们能在多大程度上实现这种转化。

真正的人，为爱而生，以爱而行。

臭美一生

"日日深杯酒满，朝朝小圃花开。自歌自舞自开怀，无拘无束无碍"，宋人千年前就这样描绘闲怡的生活，至今让我们感同身受。感觉好一些，活得舒坦一些，有谁不想这样？不然人活着干什么，难道是为了做一个苦行僧？

舒适即美。我们的行为，即便上升到正义和理想方面的高度，也应该建立在对美的追求上。那就得说道说道，美的本质究竟是什么？这也决定了另一个问题，是不是只有人，才会有美的感受？

多少年来，中西方的艺术家、美学家，还有哲学家，都在努力给美下个定义，拼命提出自己的观点与看法。有的觉得这是客观事物，有的认为只是主观产物，众说纷纭，莫衷一是。美，始终如同美人的心一样，很难解。它虽是每个人切身的体会，却似乎隔了层窗户纸，朦胧但捅不破。

美，让我们讴歌，也让我们抓狂。如果把握不住它，我们又如何培育自身的美感？

大凡运动，往往呈现出对称的特点。有生就有死，能上就能下，可快就可慢。平衡便是我们对于完美对称的理解，最好的平衡程度，又叫作和谐。通过这些概念，人们把世间的运动

下
文
篇

和变化折射在了感官上、认知上和思想上。我这样说，美究其根本而言，只不过我们在意识层面上的感受——表达思维活动最和谐时的感受。

是的，美就是一种感觉，它是人类用情感追求平衡效果的最好反映。事情或在过程之中，或在结束以后，只要我们在感觉上舒适、思想上协调，就会觉得美。但不能说只有人类可以如此，其他生命同样有感情，同样有舒适与愉悦的感受。翻看一些动物的照片，不难对它们流露出的轻松和愉快感同身受。充其量，其对美的表达方式不一样，没有上升到理论高度罢了。

当然，我们也不能说所有的舒适和协调都是美，它更像在程度上的一种表达。说明身心都达到较高平衡，形成最高层次和谐时的一个体验。像懒惰，似乎也很舒适，却不能说美，就是程度不够的缘故，还属于低层次上的安逸。

再看看我们的身体。它如此美好，如果多了一只手或少了一只眼，会怎样？不是说那样不好，只不过违背平衡之感，难有和谐的感觉。真有此情况，我们至多可以理解，却不能说美。

美的感受，多是我们的思想在冲突与斗争之中，比较出来的产物。换言之，倘若只有相同和一致，也就无所谓美了。没有比较，怎样算丑？如何才美？

一直以来，人们多希望走向大同，追求相同的规范。无论是出于善心，还是以征服为目的，总想把自己认为的对与好，介绍或施加给其他人。孔子说"己所不欲，勿施于人"，我倒是觉得，己所欲，也勿施于人。这不仅仅是道德的问题，往深了说，大同就算能实现，只说明我们都变成了统一的标准件，这其实是一种悲哀。

没了差别，谁知道一致是怎么回事。平衡的存在，不就是为了体现不同？有了各种不同，才有达成平衡的可能。就像我们做事，齐心协力确实会产生极大的力量，却不会带来长久的和谐。缺少了不同的制约，便难以达成平衡，形成持久。

美是对不同达成平衡的反映，唯美则是艺术的内涵。使自己身心愉悦，有美的感觉，都可以说是艺术。我们的生活，自然就是一种艺术生活。我并非夸大其词，你看日常里，谁不想寻找自在与欢愉的东西？谁不想追求舒适与协调的感受？

艺术，不是只有传统上那些高高在上的阳春白雪，充其量它们的水准较高，能得到更多人的认可而已。只要自己感觉舒服，感觉和谐的东西，都可以大声地说，美！我们实在不用太在意外在的评判。美会有多大的普遍程度？别人有多大的可能也接受？那是另外一个问题。接受的人多，只说明对它的感觉普适一点罢了。

每个人都在过着自己的艺术人生。我们若真的学会欣赏、把握住体验、取悦自己，这一生应该没有白活。

静处之妙

所谓生命活动，并非只是我们身上那些"天高任鸟飞"、战天斗地、酣畅淋漓的自主作为。除了自主还有自发，分子、细胞、组织和器官的各种运动，虽不起眼，同样有序而精彩地运行着。

身体像一座彻夜沸腾的大熔炉，奏响了物质世界里最为精美、华丽的乐章。可惜的是，除了心跳和呼吸，我们很难体会那些热火朝天。要是摒弃了干扰，把自己丢进寂静里，倒还有一些感受的可能。比如很静的时候，有人就能觉察身上的血液流动。沉静下来才会发觉，身体的这般奇妙，就像爱丽丝梦游的仙境。

问题在于，我们怕安静。每天都忙忙碌碌，几乎习惯了这样的生活。一旦陷入安静，就感觉没事做，这种状态连"闲"都算不上，只觉着空虚、寂寞、无聊。但静并非无所事事，要把它当成一件事去做，而不是没有事的表现。

中国古人讲求致虚守静，追求守得住孤独、耐得住寂寞。我们都说，静不下来的人是肤浅的，这话的确有它的道理。不会静，用各种忙碌来排遣时光，以此打发生活，那是虚度。但我还不想过多讨论于此，而是看看关注沉静以后，身体发生的变化。

安静下来，可以感受身心涌出的诸多奇妙；可以体悟被身心忙碌掩盖了的诸多精妙；可以升华身心不一样的微妙。

生命，有着最为频繁的运动变化。在活性的大背景下，张弛有度显得格外重要。放松，可以降低电信号刺激，"喘口气"，更能恢复生命功能。静就是最好的放松方式。只有在这时，我们才能体会那些不被干扰和隐藏的妙不可言。就像水位降低了，淹没在水中的石柱才可能显现出来。催眠的前提也是身心放松。如果身体处于不安静状态，或内心有所抗拒，思想活动激烈，你觉得还容易被催眠吗？

在这儿，我不用道家、佛家，或者中医的观点描述打坐，而是忠实地记录静下来，让自己放松以后身体上的一次感受：

起初，像往常一样盘腿而坐。调身、调息、调心，很快进入一种安详的状态。不一会儿，感觉气息微动，下盘更趋下沉，身体比过去更加挺直，呼吸也渐渐地感受不到了。

这时眼虽闭着，却觉得自己盘如巍峨，一览俯视。万般皆小之，全都低如蝼蚁。眼前所见，像是由黢黑走入星空之中，然后光明渐起。一只闭合的眼睛，慢慢地浮现。眼皮很美，它睁开来，瞳孔明亮，柔和地望着我，清澈、智慧极了。

在对视之中，感觉自己几乎融化了。突然之间头顶倏地打开，一股清流源源不断地注进来。它们在眉宇之间大力地吸入，又猛然射出去。整个眼眶瞬时都热了起来，继而脸部，继而全身都笼罩在温热里，七窍清通。一种异样堆于眉心，经鼻进入口颊，然后沿身体前端自由下坠，过喉、胸、腹，沉于骨盆。再转过身底，发于后尾椎端口，经脊柱缓缓上行。到了头顶，倏然散于虚空里，整个人更加轻松起来。几经循环，前躯后背、头部四肢，温热不再四处冲撞或极速下沉，而变得缓缓流淌起来。

像水银泻地，又似滋润无声，随后的感觉舒服至极。下盘、手型、身躯，原先都在体察之中，居然再也感受不到，如同消失了一般，颇有点瑜伽魔术中人浮于空中的味道。物我两忘、浑然一体，就是这样的感觉吧——不知身在哪，不知我在何处，唯有轻松和欢愉。

双盘的身体，无痛苦、无形状、无感受。只感觉茫茫，只感觉轻，只感觉没有感觉……

那种欢喜，无语可加以描述。

说梦论幻

说起幻觉，可能谁都不陌生。多少人，至今对它投以异样的眼光，总以为不正常。但，果真是这样吗？

意识活动指挥、控制身体活动，这我们都知道。有些人觉得它是与身体不同的一种灵性，好像每个生命呱呱坠地时，都被慷慨地分给一份；等死亡的时候，又被拿了回去。要真是这样，地球上的生命越来越多，一旦持续下去，它们会不会不够用？

实际上，意识可不是天外飞仙，不是上天的恩赐。它就像一支神来之笔，很神奇却并不神秘。

就根本而言，意识（在这尤指思维。思维是最高级的意识活动，意识控制自发运动，思维指挥自主运动）依然算一种物质形式。它是身体采集刺激信号以后，各种信号在大脑里碰撞出来的火花。只不过，在熙熙攘攘的推搡之中，火花有时会擦出点差错，可能导出与实际不相符的结果，让我们形成错觉。

错觉是一种真实感受。当然，它只是对外界刺激的不正确反应，不仅可能导致身体错误应对，还使自己活在虚幻的不真实之中。

而错觉只是幻觉中的一种。它俩的关系，就像思维和意识之间的关系，不同的是，错觉并非幻觉的高级形式。

幻觉也属于自身的意识活动，同样指挥、控制躯体运动，而且包含了更多内容。我用一句话来说明：它是对意识信号的真实反应，却不一定是真实反映。也就是说，幻觉有意识的功能，但它不仅接受外界刺激，还有一项更重要的作用——模拟，对真实意识信号的模拟。通过模拟，对那些正常的意识活动有一种包容和延伸，就像提供了一种冗余。

例如，眼睛只是接收光线刺激，就像相机的镜头，然而它不是我们看见外物的器官。看见，是大脑收到信号后的一个产物。只有接收外在刺激以后，在"胶片"上成像，我们才觉得看到某种东西。不过，在吃药、中毒等一些因素影响下，也可能生出类似的意识信号，让大脑同样"认为"看到了。当然，这时的信号并非来自眼睛，大脑所看到的，不是正常信号带来的物象。既然是模拟，当然不会完全与平时真实的刺激一样。

所以，幻觉并不像有些人吹嘘的那样，是另外世界的景象，这仅仅是大脑模拟出的画面。不光看不一定真实，嗅、听等等感觉功能也是如此。

真实活动拥有正常的功能，却无法脱离自身范围，模拟功能就不一样了。原本，模拟的初衷是在真实条件缺失或某些需要之下，不破坏和不损害身体既有的运行秩序与功能，但竟然带来了意想不到的效果，可以视之为生命功能的一种飞跃。

它摆脱了实体的局限，更超脱于实际。模拟导致我们的思想活动不再像身体一样受具体实情的束缚。所以，模拟功能造就的思想，不是只服从于所处实情，而可以天马行空，不受自身周遭情况的制约。

可见，幻觉不是错觉，错觉只不过是其中一部分表现。我们为什么排斥错觉？因为其可能招致自己的错误应对，给生命活动带来危害。换句话说，错觉就是有害的幻觉，它不是为了模拟，而是依据不真实的刺激，指挥了真实行为。

错觉与幻觉不容易区分，但模拟功能我们很清楚，不会混淆。思考都知道是想出来的，我们会根据自己的思考采取行动，可谁也不会仅用思考的结果指挥实际行为，那是睁眼瞎。例如只想着向东走就向东走，而不先看看有没有路，有没有障碍？

看来我们不能对幻觉也像对错觉一样，一棍子打死。它对生命功能所起的作用很重要。把这种思路延伸下去，对梦也会有新的认知。

生命运动，主要以睡眠的方式休息与恢复。人体在这时候暂停了与外界的多数生理反应，意识活动虽也减缓了，但并不会停止。思维以梦的形式在继续着。

因而，梦只不过睡眠中的思维活动，实质是不清醒状态下的一种幻觉。做梦就是将思维活动模拟出来，保证生命功能不停顿。只要生命运动不停，思想就会持续下去，做梦也不会消失。

这么说来，我们别老是觉得梦有什么昭示作用。梦境或许有巧合，或许有点作用，却没那么神奇。它只是些身体休息以

下
文
篇

后，思维活动的产物。

但梦的意义太大了。它反映出思维活动最基本的样式，没有了清醒时理性的束缚与梳理。原始的那些幻觉信号，像乱码一样的堆砌与碰撞，变得稀奇古怪、杂乱无章。经过理智和经验的调理，在根深蒂固的暗示作用下，初始的野马被驯服了。在我们清醒的时候，思维活动变得温顺，就像一位理性的绅士。压抑冲动，让我们几乎忘了思维原本的野性。还好，梦告诉了我们这本来的一切。

梦境内容或稀奇古怪，或延续生活，无法预测，它深受自身欲望、记忆功能的影响。欲望牵引思维活动，做梦自然也脱不开干系。有时我们在现实生活中得不到的满足，有可能在梦境里得以实现；而记忆是身体上一些较为敏感的细胞上产生特定的兴奋，在"前度刘郎今又来"的时候，把类似的刺激更快更好地还原。

没有记忆功能，我们最多只能像活性物质一样，做出简单反应，根本不可能形成复杂的生命活动。"日有所思，夜有所梦"，不正是记忆施加给梦的结果？

我们在睡眠中的幻觉活动形成了梦，与清醒时思维活动最大的不同，是梦没法自主。这样也就没了理性，没了目的，没了逻辑。但它仍有记忆加持下的实际作用，仍有超脱身体的模拟功能，两者都真实有效。如果没有醒过来，做梦的时候我们往往无法判断，此时此刻是身处梦里呢，还是在现实之中。

最后的责任

落日余晖，是一片即将终了的绽放。与日出相比，它最凄美，也很浪漫。浪漫不仅因为绚丽，还在于夕阳含着满满情意。既有临近黄昏的无奈与不舍，也有对大地持续了一个白天的守望和眷顾。

莎士比亚说："生存还是毁灭，这是一个值得思考的问题。"死亡就像晚霞落幕，原本极为普通，极为常见。谁都知道"人死如灯灭"的道理，可始终摆脱不了对其的恐惧与哀叹。我们的恐惧，不只是害怕死亡，更害怕等待死亡——不知道它什么时候来，不知道它以怎样的方式来。头上老是悬着这么一把达摩克里斯之剑，一生都搞得惴惴不安。等待的恐惧，是最折磨人的恐惧。看惯了花飞花谢、潮起潮落，承载着太多生离死别的痛苦，无论哪个国家，哪个民族，都希望赋予生死一些色彩，找出它们在哲学上的一点意义。

不能自主选择生，却力图避免死。所有的生命，一切生命活动，都只是为了"活下去"而苦苦挣扎。人更甚，不但期冀延缓死亡，甚至幻想长生不老，还编排出种种理由和借口，找出我们常挂在嘴边的那些价值，力图心安。这就不难理解，几乎每种宗教流派、学说、理论，乃至不同文学作品，都或多或少阐述过从自身角度出发的生死观。

与死亡有关的故事，自古就开始流传，并不断"添砖加瓦"地丰富着。就像给我们穿上了一件件"皇帝的新衣"，要么寻求超生解脱，要么抱定舍身取义。麻痹或是叫抚慰心灵的事，随着人性的进步，随着我们逐渐看清世界，应该不会太折腾了。死亡就那么回事，我们生下来，便开始赴死。任谁，都只是开往地狱列车上的一名乘客而已。人生，就是一趟"死亡之旅"。

从出生到死亡，实际上是物质的演化过程，说明了演化规律。无疾而终的自然死亡，当然是我们谢幕的最好方式。遗憾的是，由于伤病和意外，大多数人都没法熬到这种"高光"时刻。

假设有一天，技术水平真能如人所愿，让我们到了生可以人为控制、死可以自由脱离的地步。"长生不老"这一直梦寐以求的愿望似乎可以实现了，表面上能够扼住命运的喉咙，但最终还是绕不开一个悖论——活着是要消耗的。世上的资源，可否把只生不死的局面一直支撑下去？谁又来为后人腾地方？

无论什么样的发展过程，都不可能一直背上包袱，而不放下累赘。只进不出，本来就违反对称的规律。如果达不成平衡的状态，任何事都无法持久。但我们明知结果还总是掩耳盗铃，甘愿做一只把头埋在沙子里的鸵鸟，始终心存着幻想，排斥现实。

对死亡的害怕，我们不但怕等待，也害怕死亡的方式，怕在这一过程中的痛苦。这让人自觉或不自觉地开始逃避，不过，既然都得死，怕有什么意义？想通这一点，或许就是高人，可想通了，又有什么意思？

太阳眷顾大地整整一天，日落的时候，尚且不舍得放手。活着，留恋是比害怕更大的念想。看看有些心灰意冷的人，不管是由于倍受打击，还是身心出了问题，一旦不再抱有幻想和希望，不再有多少留恋，对死亡也就没有什么顾虑。还有那些活的很坦然的人，对名利、成败、生死都坦然，某种程度上不也是出于类似的原因？只不过，坦然不是说没了留恋，而是顾忌不再多。

如果我们老得不成形，享受不到生的乐趣，为什么还想活？如果只是苟延残喘，再也不能创造对己对人的价值，为什么还要活？面对死亡，嵇康坦然抚琴，庄子击缶而歌。当生命活动不再继续，死亡便是我们承担的最后责任。

生命活性不再了，身体将变成一具普通的物体，消散让自然环境来解决，就成为共同的归宿。非要讲点与一般物质消亡的不同，那就是我们身处食物链之上，即使消融，也会分解为养分，抖落成肥料，尽继续服务生命的最后一点价值。这样的作用，其实不比很多人追求的所谓"流芳"差。

活在当下，不想来世，不惧死亡。

出世与入世

有关出世和入世的话题，向来都热门。入世就意味着奋斗和打拼，它代表的是进取心。无论古今中外，入世的主张一直在"刷屏"，始终霸占思想的主流地位。不奇怪，这最符合发展的潮流与需要。

只是可惜了我们眼前这个世界。原本"万类霜天竞自由"的满血豪情，因入世观的作祟，而不得不现实起来——要求上进，宣扬敢于、善于追求目标，以达成目的为己任，用成败论英雄。

砥砺求索，步月登云。这一通忙得不亦乐乎的努力，还别说，活脱脱的一种成功文化！财富、地位、名望和权力，理所当然是成功的标志（成功在这儿仅从社会角度而言，非指个人意义的实现目标）。世俗这样说，贴上了这些标签便是有能耐的。社会对男人的要求，尤其更甚。可现实偏偏骨感得很，只有一小部分人能够沐浴在显赫的光环之下。

成功者永远是少数。大家都拥有的就不叫名利了，人人皆可获得也不是成功。或许这就是最冰冷的现实，人类社会虽说一直浸染在成功文化里面，社会结构却注定不可能人人如愿。

倡导成功又无法让多数人成功，跌宕的生活几多悲欢离合。落差与鸿沟不期而至，扰乱春秋代序，割裂沧海桑田。一部分没办法通过正常渠道实现成功的人，甚而会用非正常的挑战方式，推翻得志者，上位自己的成功。

一味强调入世并不好，使得出世的主张现身登场。想远离名利的困扰，要么无法实现，要么兴趣索然，乃至不堪其累，便另辟蹊径来飞遁离俗，涵养自己。期望摆脱世俗羁绊，只好走向精神上的索求，冷看繁华，默然安享。

心灵需要慰藉，既然入世的成功期望不容易实现，出世的追求必然会闪耀。不但可以满足一些人的心愿，也为现实里那些无法成功者，提供了新的选择和出路。

世俗文化为成功，心灵文化求超脱。两者看似迥异，实则相向而行，共同撑起人类前行路上的一片天，让我们的生活更丰富、更精彩。原本携手推动了社会发展，没成想，它们越是努力，造就的成果越大，带来的侵蚀也越甚。换句话说，时代越是进步，世俗奋斗也好，心灵鸡汤也罢，受到的质疑会越多，到头来反让自身形象越模糊。

一方面，在出世的问题上，我们比古人更难寻到归隐之地，更难保存独善之身。古老的思想饱受现代化冲击，昨月又怎知今日的安暖？另一方面，对入世来说，现在信息无处不在，沟通日益方便而紧密，机会和选择比以前多太多。出路多了本是好事，但如果没有相应的思想体系加持，就可能迷惘。

以往诸如"修身齐家治国平天下"之类的学说与理论，到今天已远远不够了，甚至一些人可能都宅得不再想了。努力虽然是必须，但在哪儿努力更要紧。"万般皆下品，唯有读书高"，提倡读书是不错，不过读什么？怎么读？如今的知识浩如烟海、层出不穷、应接不暇。过去熟读四书五经，就可能成为大儒，如今想晓彻一个专业都难，如饥似渴并不能应对方方面面的挑战。

我们不应该丢掉传统，我们也不应该戴着脚镣跳舞，盲目固守传统。成功看上去依然重要，可内涵已不仅仅局限于过往。时代在进步，思想水平当然也应该随之提高。沧海横流之时，它的更替必须革故鼎新。要不然，我们终将挣扎在入世则迷茫、出世又逃避的误区里。

但凡理论主张，都有自己的视角。古往今来它们无一例外，都是从各自立场出发，满足与适应一时或一部分人需求。这个日新月异的年代，如果只想推出迎合时下的快思想，反而很可能被淹没在快速的变化之中。该如何适应越来越繁多的信息？我挑选了一个切入点——深究基础。

这样一是普适，"五百年前全是一家"，既然有共同的血脉，自能寻到更多相似；二是长久，不管上面怎样沧桑，基础不可能变，为一时而兴起，终归是过眼云烟；三是清楚，高山仰止，揽胜唯到山顶方觉一目了然。仰视容易神秘，俯瞰才能清晰。

生命，只为了活着而苦苦挣扎。苟全性命于"乱世"，那是宿命。对外我们依赖环境而生，环境大不过宇宙面目；对内靠活力而存，活力深不过生命机制。要深究基础，终极性不外如此。对它们的看法，当然可以算最高视角。

生命机制，我曾论证过这样的观点，适应性是根本，目的性是特征，自主性是表现。而看待身外的环境，更用能量的理解，诠释了一种宇宙观。邃宇非高堂，星空尽头无涕下，把物理学俯视一下，许多疑惑迎刃而解，哪里用得着怅然？到源头挖掘，避免了盲人摸象的局限，更容易豁然开朗。

把握这两方面的根，方便抓住生活的魂。当我们明白从天地间怎么来，大抵也就知道该怎么活。这就是明了基础的好处。生命本是群居之物，个体的存在就为了抱团取暖，本身实在微不足道。文明的意义，莫过于开始关注个体，可以说这是最有价值的一种跨越。

进步就是自我的成长，积微致著，终于觉醒和呐喊。宣泄是绽放自己，绽放是宣泄生命。我说过，今后的社会定当不再像以往那样，过多强调集体的重要而忽视，乃至压制个体。恰恰相反，集体的存在以前是为了个体生存，今后更是为了彰显个体。以人为本，先要扶正个人与群体关系的"本末倒置"。

在我们眼前，是一片浩瀚的欲望之海。各种欲望光怪陆离，层出不穷的浪花滚滚而来。有一根保持自己的定海神针，才不会在眼花缭乱中迷失，在愤世嫉俗里偏激。

人生在世或如流星，只是一划而过；或似星辰，可以熠熠生辉。我们都在以不同的方式在发光，但闪亮不仅想照亮天空，更是为了耀眼自己。入世也好出世也罢，心的安放当往大处。不盲目攀比，也不随波逐流；不自欺欺人，也不自我沉沦。

泓澄碧水，暗香拂苔，人活的是心情。我提笔于这样的情形，重新思悟人生。

知识越多越迷惘

一座空荡荡的广场上，一个人正信步走过。这时候，空中恰好飞过来一只鸽子，地面也悠悠晃晃地爬着一只蜗牛。

三种不同的生命，在此时此刻构成了一个简单的系统。鸽子扑腾扑腾地，可能只要几秒钟便飞离广场，人虽然走得急，但穿过广场得花上好几分钟的时间。而蜗牛，需要几个小时甚至一整天才能爬过去。

鸽子在广场上空会看到什么呢？它可能瞧见地面上有个大家伙缓缓移动，旁边那个微小的东西基本不动。如果不定睛瞥上一眼，甚至有可能没发觉蜗牛这小动物。

对蜗牛而言，或许会感受到周围有一个庞然大物在快速移动。那物体超越自己时卷起的风（尽管人自身感觉不到），难说吹得它难以立足，而天空中也许什么也没有。蜗牛虽然也会抬头望天空，不过鸽子只需要短短一瞬就过去了，抬头时基本上看不到。也有可能抬头的一瞬，确实碰巧遇见鸽子飞过，就此知道了广场上还有第三个物体；或者由于时间太短没看清，根本没在意；或者从没看见过这样的场景，偶尔见这么一次，只当作自己一种不真实的幻觉。

人的运动速度介于鸽子和蜗牛之间，不仅能看到它们，由于掌握了一定技能，知道移动的快慢取决于各自的速度和时间，还清楚整个系统的运动情况。三者之中，以人的视角得出的结论更趋近真实，也最接近于上帝对这个生态系统的认知。我借用上帝这词，表明这种角度是最客观的，能跳出系统之外，描述最符合事实的情况。

啰啰嗦嗦这么半天，我想说的是，可惜我们所处的层级，恰恰不是那个人的视角，而有点像鸽子或蜗牛的情形；当今拥有的知识，不管多么丰富、先进，也只类似于从它们二者立场上得到的经验和体会。

知识是人类认识世界最有利的武器，这也让我们以为，自己掌握的知识就是对大千世界的客观描述，甚至冠以真理的头衔。但我们忘了，生命其实太渺小了，人所能接触的天地实在太有限了。都说"眼见为实"，可我们看到的，就一定是大千世界的全貌吗？

我们从自身角度出发取得的知识，是对周边实际的正确反映，因而可以改造自己、改造环境。要是不符合实际，人类也不会发展到如今地步。知识尽可能的丰富和先进，自然成为我们不懈之追求。成绩如此巨大，都让人有点飘飘然了。既然都是从已知推理未知所取得的成就，难免对与我们的不同，也习惯性地去爱屋及乌，以为可以爱屋推乌了。

如果积累的经验和体会，用来推理周围更远一点的世界，还算有理，毕竟彼此差别不大。用知识探索，前提是都属于同样的系统。若是变化大到与我们根本不同，在我们难以理解的天地里，以既有体会去衡量或许有点夜郎自大了。

所有知识都是基于人类的指标体系，如果这种看法也是上帝的角度，当然没有问题，不过人类睁眼看世界，可只有短短几千年时间。相比演化漫长以亿为单位的长度，我们的视角，就像鸽子用几秒的时间衡量蜗牛一天的移动。鸽子的结论，蜗牛是不动的，世界在我们眼中也亘古不变，从古至今似乎都始终如一。

我们对微观，又好似蜗牛看鸽子。由于鸽子运动太快了，远远超出了自己的理解，蜗牛只会感觉天空中没有这种东西，或者其存在像是自己的幻觉。粒子，在很多物理学家看来也是如鸽子般，像鬼魅一样的存在。

广场这个简单的系统里，三种生命都有自己的经验和感受，也有对其他两者的认识。人类所处视角为什么与鸽子和蜗牛一样？因为生命都处在一个"高不成低不就"的位置。相比其他存在而言，不是最大，没法最小；快不知其快，慢不知其慢，远超出自己的想象，难以理解其远。我们就算提出了光年、埃米、电子伏特之类很大或是很小的衡量单位，也只是站在可以认知层面上的理解与尺度。

不同天地里的真实情况，就如人所知的世界与病毒所看到的空间一样，可能天差地别。只不过，大家都生活在同一个宇宙里，都有相同的起源与归宿，必然有相同的东西可以衡量。

如果有一个统一的尺度，那就是上帝的视角。可惜生命拥有的思想，只能从自己出发，注定也就到不了那样的高度。

不管知识多么丰富和先进，它们只对"近身或类身"有用。如果所处角度与层级有不同，我们靠现有知识来推理，最多有一些似是而非的结论。举个例子，人们至今对"量子纠缠"现象困惑不已，不管距离远近，两个量子在我们看来都会同步发生改变。"戳"了这个一下，那个也立马就"缩"了，是什么力量让它们获取彼此的信息呢？似乎与我们掌握的理论相悖。其实啊，要是我们能去量子世界里做客，或许发现让自己迷惑的事情，只是一个很平常的现象。凡事都有它的道理，只不过我们知道或者不知道。正因为我们只用自己的经验去看，才会觉得匪夷所思，才会生出莫名其妙的困惑与悖论。

以人的眼光对待微观，物理学才会有这么多模棱两可的结论。量子力学虽是当今理解量子世界的最好工具，但它其实还是从人的角度提出来的理论，仍然是人设的立场。我们的理论并不是出自那个世界里的尺度，难免会有偏差。量子世界里的运行规律肯定与宏观迥异，一定不是我们所能理解的，诸如量子纠缠之类，其实也遵循其固有的规律。况且我们的观测行为也会干扰它们的运行，从而让实验的结论不靠谱。

由于与我们的世界太不同，即便是人为的知识，依然造就了众多的难题与不解。波粒二象性、不确定性原理、纠缠、叠加、波函数塌缩等，这些在粒子上的玄幻，正好说明了我们的困惑。用描述宏观的数学成就绘制微观，用人为的设计做实验验证微观，也只能似是而非。

是不是就无计可施了呢？有一条路也许可行：修行。在思想上提高自己、突破自己，打破条条框框束缚，或许可以不再用自身经验看其他变化。寻求与己不一样的视角，目前难说只有这种办法可以抛弃自以为是，不会陷在固有的一套经验和体会里打转。

假设这两只经过广场的鸽子和或蜗牛，通过自己的修行，也站上了新的角度，知道从那个人的角度看系统可能更客观，也确实学会像人一样看问题了。问题是，它们还要回到自己生活的环境里，怎么把这些真相告诉只有过去生活经历与经验的同类呢？

还是先回到我们的处境，从熟悉的说起。从牛顿经典力学到爱因斯坦相对论，在宏观的范畴里都能成立。看周围世界，人设指标基本够用，而与我们完全不同的微观天地呢？很多物理学家其实早注意到了现有知识的种种不完备，注意到了依然用人类掌握的指标描述所带来的难题。奥地利物理学家薛定谔就曾提出了一个著名的"薛定谔的猫"思想实验，反映我们对量子世界理解上的迷茫。

这个实验说的是，将一只猫装在有少量镭和氰化物的密闭容器里。镭有放射性，衰变存在半衰期。如果镭发生了衰变，就会发出一个量子触发机关，打碎那个装有氰化物的瓶子，猫将死去；如果镭没有发生衰变，猫就会活着。按照量子力学理论，由于镭处于衰变和没有衰变两种状态的叠加，猫也就理应处于死猫和活猫的叠加状态。这只既死又活的猫就是所谓的"薛定谔猫"。我们要知道猫的死活，必须打开容器，也就是进行观测，才知道结果。不过一旦实施这一观测行为，猫就会从叠加态迅速变成确定态，要么死要么活。

我们实在难以理解量子，只好用叠加来推测。投射在我们的世界，就形成了薛定谔的猫，这样就像既死又活的叠加。同样，蜗牛看鸽子，由于绝大多数时间里都看不到，而自己又知道鸽子是存在的，为了说服同伴，可能也会用"薛定谔的猫"来举例，说鸽子是既存在又不存在的叠加。反过来，鸽子看蜗牛，明明看见蜗牛是静止的，偏偏又知道它是运动的，为了让同类理解，可能也拿出"薛定谔的猫"实验，说蜗牛是既运动又静止的叠加。

很简单的事情，要是跳不出去，用固有经验只能越解释越复杂。"叠加"之类的理论，只是我们对未知世界似是而非的理解，不代表它便是那个世界的真实情形。就像在古时候，人们不了解虚无而混沌的世界，就用人的形象编织出许多神话故事。想象那样的环境里也会有如人一般的生活，从而产生鬼、仙、神等诸多类人形象，满足我们的好奇心和愿望。这只能是联想，在思想上有用，就实际而言，即便有不同的世界，它们的生活也不会与我们类似。那个世界里同样有自己的运行规律，我们不身临其境，自然难以感同身受。

人嘛，本来只需了解自己这"一亩三分地"，好好活着就行，偏偏探求的欲望无穷。要都在同一个体系里，知识很有用，举一可以反三；对于与己大不同的事物，硬要以自己熟悉的体会来理解，张冠李戴，注定是一些误区，甚至南辕北辙。这不仅仅是物理学上不同坐标系引起的相对性问题，相对性是可以通过移动、互换等方法，在数学上解决的。不同世界里的运行，虽然从根本上都服从上帝的法则，但我们不是造物主，其规律并非我们所能理解和想象。同样是运动，鱼在游动时，会对鸟的飞翔感同身受吗？同样是生命，一颗树能体会狮子奔跑的感受吗？同样一个人，老年的蹒跚与儿童时期的摇摇晃晃，难道是一样吗？

我说："情形错了，知识越多越迷惘。"如果不能站到广场上人的视角，像上帝一样冷静，只在鸽子或蜗牛的层面打转，我们看外面的世界就会是越努力，越纠缠不清。

生活启示录

什么是生活?

提出这样的问题或许让人不屑。对于生活的概念,甚至意义,古往今来有太多人探讨议论过,每个人都有自己的理解和感受,答案在心中怕是早已有数。

或许从科学、文学、宗教、传统等不同角度来讲,立马滔滔不绝,给出形形色色不一样的回答。我们切身而出的种种领悟,当然有它们的道理。只不过,用体会得出的结论,尚不能说是完整,更不能触及实质所在。有些看法可能着重于某一方面,仅仅突出了一点,要是没从整体上去把握,就像盲人摸象一般,难免知首不知尾。

最后一篇文章了,应该把思想再归结一下。回到开头的问题,用点熟悉的语言来讲,如果针对日常和具体,而不是无限拔高所谓的意义与价值,在我看来,生活或许只是我们一直忙于其中的习以为常,以及那些见惯不怪吧。

但高晓松说:"生活不仅是眼前的苟且,还有诗和远方的田野。"我理解的苟且是各种奔波与琐碎,我们经意或不经意间奔忙的那些事,构成了生活具象。而诗和远方,当然是脱离了日常的束缚,追求自由自在的东西。

对！应该跳出所处范围的局限，力争在更大的层面上看问题。

现在的探索以技术为依托，还是那句话，技术本身有着根本性的局限与束缚，只在我们掌握的层面上有用。生命之长河，璀璨夺目。不过，把它放在悠悠万事里，那也仅仅是非常非常有限的一段存在。技术作为服务人类的一种工具，有局限性并不奇怪。我们如果只执迷于技术考量，以为唯有其验证过的探索才可信，不这样的话就横加排斥，很可能自缚手脚。

凡事高看一眼，不仅仅看得更远，站上新的高度，很多束缚和局限或许就不存在了。烦恼其实都不是个事，它们只是现在这个层面上才有的一些困惑与障碍，所谓当局者迷正是此意。我喜欢爬山，但攀登途中往往沮丧于"云雾穿不透，迷惘向高爬"，而到了山顶，一览无余的惬意之下，哪里还有迷惘，早换成了"浮云难扰更高时"的感慨。

在地面上，由于大气层的阻碍，看得不是很远，我们要是上到太空之中，没有了限制，视力仿佛就变好许多。不难想见，技术固有的实用性，导致它很难抖落包袱，担负起超然一些的角色，能够"跳出三界外，不在五行中"。

自然界的生命，都处在天地之间，一个"高不成低不就"的中间位置。生命虽然是物质世界至高无上的明珠，让被动的演化有了主动性和目的性，却只不过演化还算稳定时期的产物。真正的开头和结尾，我们显然到不了；也不太可能，深入自身环境的微观区域里，或者那遥远的尽头。

既然大不知其大，小难知其小，如果不身临其境，进到真实的大小之中，肯定没法得出靠谱的结论。对它们通过模拟、推算和想象出的理解，顶多有一些似是而非的感同身受。这万象诸事，我们都可以去寻找它们的哲学意义，而哲学本身更关心那些根本上的问题。解决了根本，其他问题就容易迎刃而解。

回到生活的话题，我再把它归纳成两句话——吃喝拉撒玩和睡，加上各种追求与责任。前一句反映我们的本能，姑且说苟且吧；后一句体现精神，属于"诗和远方"。

到世上走的这一遭，无论我们干了什么、成效怎样，归根到底全是得到一种体验。雁过寒潭也留影，影在水中，影在心底。生活就当以体验为目的，相比其他的目标和需求，或许这才是实质，才是真实，才是持久。

万物都在演化，而演化是单向的，时间之箭也必然是单向的，它鼓捣出的天地，就没办法可逆和反复。再出现的我不是我，顶多像另一个我。很多书里时不时地有一个期盼——时光倒流，期盼着我们一不留神就能去往未来或回到过去。这些憧憬与长生不老一样，只能算一些美好的想象。虽然它们大多用科学工具推导出来，可惜让人动心不已的幻想终究不切实际。我们能做的最多是回味一下过去，规划好未来。活在当下就得把握当下，只要把现在当成出发的原点，体验告诉我们，无论到了啥时候，做事都不晚。那些"悔之晚矣"的想法，都是把目的看得太重，只从结果想事情，才有"过了这个村，就没这个店"的感觉。

占有，确实是我们心头的愿望，此乃欲望最渴求的目标。目标可以论成败，但不能决喜怒，更不能断生死。实现了固然好，没达到世界也不会塌掉。人生太匆匆，世事太无常，占有注定是暂时的，拥有一时，难有一世。生不带来死不带走，我们又何必过于处心积虑，让利欲熏心？

如今信息泛滥，搞得眼花缭乱，如何选择才是我们面临的头等大事。当满足物欲不再属于一种奢望，盲目攀比必会迷失自己，而走符合自我实际的路，永远不会错。在快速变化之下，"做自己、做好自己、做回自己"这三重话中，我想必有一句适合我们自身。

生命进化是从低等往高等的进步，人性也会从抱团取暖导致的集体至上，趋向于越来越注重个体发挥。生活里我们的主动所为的就是追求，而不得不为的则是责任。从这个意义上说，我们或许可以多一些追求，少一点责任。

生活，的确是一种艺术。虽然它由各式各样、实实在在的繁琐和杂乱构成，但最终看自己怎样去对待，这也才有了我们的喜怒哀乐。艺术既然是美的化身，生活当然也是美的，我们都在生活中追求舒适与和谐的美。它不是说非得像高大上的阳春白雪，占有足够多的物质手段才可以实现。吃一顿想吃的饭、穿一件想穿的衣服、干一件想干的事情……只要觉得赏心悦目，陶冶满足了自己就是艺术生活，而非简单地活着。

倏忽的人生，会经历数不尽的悲欢离合。人，为自己而活，也为别人而活。生活都在比较中前行，与别人的比较，可以用来确定方向；有什么样的成效，只在自己心中比较出来。所有事情，就看我们怎么想，怎么去比较。